나를 가장　　나답게

나를 가장 ✦ 나답게

진짜 나를 찾아가는 연습

김유진 지음

FIKA

차례

CHAPTER 1
나를 쓰다 보면 알게 되는 것들

CHAPTER 2

나의 연약함을 씁니다

CHAPTER 3

당신의 불안을 줄여드립니다

CHAPTER 4

아프지 않고 단단한 나로 살아가기 위해

CHAPTER 5

글을 쓰면서 최고의 나를 만나게 되었다

TIP 1

꾸준히 오래 쓰고 싶은 당신을 위한 가이드

TIP 2

30일 매일 글쓰기

글쓰기를 하면서
삶이 달라진 사람들의
실제 후기

글을 쓴다는 것은, 먹구름 가득한 하늘에서 비가 내리면 구름 걷히고 푸른
하늘이 나타나는 것과 비슷하다. 나도 글쓰기를 통해 그렇게 변하고 있다.

—곽*경

글쓰기는 내가 감정을 추스르는 하나의 방법이다. 화가 날 때, 불안할 때,
속상할 때 느끼는 부정적인 감정을 정리하고 그것으로부터 탈출하게 도와
준다. 나를 좀 더 나답게 만들어준다. 기록하다 보면 내 삶이 새로워진다.

— CATHY*

무엇보다 제일 중요한 건 나 자신에게 인사를 건네는 일이다. "잘 지내?"
하고.

—풀꽃

6개월 동안 매일 글을 썼다. 글을 쓸수록 감추고 싶었던 상처와 외면하고
싶었던 내 모습이 나올 수밖에 없었다. 글쓰기는 참 신비롭다. 아문 상처를

헤집었는데, 흉 지지 않았다. 부푼 마음을 펼친 뒤 사그라들어도 공허하지 않았다. 분명 치유되고 있는데, 치료 과정이 고통스럽지 않았고 부작용도 없었다. 어느 자기 계발이 이토록 다정할 수 있을까?

—최*희

미움이 올라오면 몇 날 며칠을 그 감정을 부여잡고 힘들어했다. 글을 쓰면서 마음에 얽혀있던 감정들을 풀어낼 수 있게 되었다. 생각이 정리되고 표현하는 즐거움과 뭔가를 만들어냈다는 뿌듯함이 소소한 기쁨을 준다.

—손*정

글쓰기를 시작하고 사물, 사람, 그리고 나 자신을 자세히 들여다보게 되었다. 전에는 그냥 지나쳤을 작은 것에서도 의미를 찾고 있다. 느낄 수 있는 세상이 더 넓어졌다.

—나에게가는여행

글쓰기와 첫 만남은 내 안에 상처를 돌아보고 치유하고 회복하는 과정이었다. 이제 글쓰기는 내 안에 또 다른 존재와 대면하는 의미 있는 순간이다. 분주한 일상을 사느라 보지 못했던 내 존재가 글을 쓸 때 내게 말을 걸어온다. 글쓰기는 내가 혼자가 아니라는 사실을 알게 해주고, 또 다른 나와 동행하고 있음을 깨닫게 해준다. 또한 외로움 속에 충만한 자신을 발견할 기회임을 알게 해주었다.

—전*영

퇴직하고 날마다 시간을 어떻게 보내야 할지 고민이었다. 몇 자밖에 안 되는 글을 쓰면서 보이지 않았던 것들이 보이기 시작하고 마음이 설렜다. 한 편 한 편 채우다 보니 내 삶이 소중하고 가장 귀한 존재라는 생각이 든다. 글쓰기로 나에 대한 새로운 발견이 소소한 행복을 준다.

—박◦자

글쓰기를 하고부터 평소 안 보이는 것들이 보인다. 글을 쓰기 위해 계속 생각하니 생각이 깊어지는 것도 같다. 그 생각이 다른 생각과 연결되고 이어지는 느낌도 든다. 이런 것들이 나를 더 많이 알게 되는 계기가 된다.

—안◦경

우울증에 시달리며 탈출구가 필요했다. 나 자신을 위한 무언가를 해보고 싶다는 생각에 글쓰기를 시작했다. 처음에는 간단한 문장 몇 개를 시작으로 매일 습관처럼 글을 쓰다가 한 편의 글이 완성되면 뿌듯하고 자신감도 생겼다. 과거 이야기를 쓰다 보니 그때 감정으로 빠져들었다. 그 순간에 놓쳤거나 잊었던 감정을 돌아보며 삶에 대한 방향을 찾게 되는 것 같다.

—오선◦

✦

나답게 살기 위해 나를 믿고 써본다, 일단 마음 가는 대로

내 글의 첫 번째 독자는 나 자신이다. 두 번째 독자는 남편이다. 그런데 그는 꼭 내가 흡족해하는 글보다 좀 없어보이는 글에 더 후한 점수를 준다. 처음에는 그 차이를 잘 모르고 각자의 취향이라고만 생각했다. 그런데 몇 년간 지켜본 바로는 나의 두 번째 독자가 잘 쓰고 못 쓰고를 판단하는 기준은 경험한 내용인가, 아닌가였다. 그는 나라는 사람이 무엇을 알고 무엇을 모르는지 모름에도 불구하고, 내가 급조해서 쓴 지식의 밑천을 금방 알아보았다. 잘 모르면서 아는 척한 문장, 부풀려 쓴 문장, 남의 지식에 기대어 쓴 문장, 지적인 면을 내세운 문장을 기가 막히게 찾아냈다. 한 번은 그런 부분을 가리키며 말했다.

"여기 다 없애도 될 것 같은데?"

나의 미천한 지식이 글 속으로 잘 녹아들지 못한 탓도 있겠지만, 몸으로 겪어내고 오래 생각하고 고민하고 아는 척하지 않는 솔직한 글을 그가 좋아하는 것만은 확실했다. 그중에서도 그는 '내가 오래 갖고 있었던 주제'로 쓴 글을 으뜸으로 꼽았다.

'내가 오래 갖고 있었던 주제'는 앞으로 이 책에서 말하고 싶은 '할 말이 많은 주제'와 상통한다. 이 책은 어떻게 하면 글을 잘 쓸 수 있는가를 말하지 않는다. 솔직히 난 그 방법을 모른다. 그래서 '할 말이 많은 주제'에 대해 말하고 싶었다. 누구나 할 말이 많은 이야기 하나쯤은 갖고 있기 때문이다.

할 말이 많은 주제는 나와 시간을 많이 보낸 나의 이야기다. 자신이 좋아하고 지금 이 순간에도 여전히 어떤 방식으로든 공부하고 있으며, 삶의 방향과 결을 같이 하면서도 본능적으로 끌리는 주제다. 오랫동안 자신을 괴롭힌 결핍이나 열등감일 수도 있고, 풀리지 않는 자기만의 물음일 때도 있다. 자기 자신에게 들려주고 싶거나 이제는 남들과 나누고 싶은 이야기기도 하다.

그러나 할 말이 많다고 글이 자동으로 쓰이는 것은 아니다. 편안하게 쓸 수 있는 글은 없다. 하고 싶은 말들이 우르르 몰려나와 어느 것부터 써야 할지 모를 때도 있고 어디서부터 어떻게 정리해야 할지 너무 막막하다. 그러나 쓸 게 없는 것보다 그것이 낫다. 남들이 만들어놓은 글쓰기 방법을 따라 하느라 스스로 검열하고 빈번하게 급브레이크를 밟는 것보다 마음껏 쏟아내는 경험이 우선되어야 한다. 그런 의미에서 모든 글쓰기는 연습용이다. 연습하는 것이니 좀 부족하고 서툴러도 된다. 그래도 두려운 마음이 들 때 나는 주문을 건다.

"이 글을 쓰면서 나는 무엇을 만나게 될까?"

글을 쓸 때 모든 문장을 갖추고 출발하는 사람은 없다. 갖고 있는 것이라곤 한 줄의 주제, 한 단어, 옆에 쌓아놓은 남이 쓴 책들, 인터넷 사전, 확실히 모르겠는 가슴속 외침 같은 것들뿐이다. 그래서 지금 쓰고 있는 한 단어나 문장을 전적으로 믿고 가는 수밖에 없다. 그러면 앞 문장이 뒤 문장을 만들어내고 그 뒤 문장이 그다음 문장을 돕는다. 그렇게 한 문단이 생기고, 그런 생각의 덩어리들이 꼬리에 꼬리를 물면서 한 편의 글이 완성된다. 글쓰기가 재미있는 것은 이런 불확실성에 있다. 한 단어, 한 줄에 의탁해서 가는 길이기 때문에 가보아야만 알게 된다.

그런 의미에서 글쓰기는 우리 삶과 같다. 무엇이 나올지 모르는 암흑 속에 희미하게 보이는 불빛을 따라가면서 의심하고 선택하고 후회하고 작은 것들을 깨닫는 길. 그 길은 쓰는 사람이 스스로 닦는다.

그래서 글을 쓰며 독특한 생각이나 새로운 깨달음을 찾으려는 노력보다는 흔한 메시지라도 거기까지 가는 나만의 길을 내는 일에 더 시간을 들여야 한다. 예를 들어, 누구나 글로써 '사랑은 위대하다'라는 주제나 결론에 이를 수 있지만 거기까지 가는 길은 제각기 다른 모양새를 띤다. 바로 거기에서 나만의 이야기가 탄생한다. 인간이 쓸수 있는 주제에 한계가 있음에도 그것들이 전부 다르게 보이는 이유가 바로 이것 때문이다.

나 자신을 믿고 써야 한다

어떤 주제로 쓰든 한 사람이 쓰는 글의 시작과 끝은 '나' 자신이다. 중간에 어떤 길로 들어가서 헤매다가 넘어지고 다시 길을 내다가, 새로 배워 전혀 새로운 길로 빠진다고 해도 결국 그 모든 것이 '나'로 귀결된다. 어떤 주제로 글을 쓰기 시작하든 그 끝은 '나'를 향한다.

나를 쓴다는 것은 나의 경험, 내가 공부한 것, 내가 고민하는 것, 내가 좋아하거나 싫어하는 것, 풀리지 않는 나의 물음, 내가 본 것, 들은 것, 읽은 것 등의 총집합체다. 그러나 그 모든 것이 나의 일부는 보여줄지언정 나 자신은 아니다. 위 주제로 100편을 써도 그 한 편 한 편은 나 자신을 다 설명하지 못한다. 한 편의 글이 나 자신은 아니기 때문에 아이러니하게도 우리는 글쓰기를 계속할 수 있다.

자기 자신을 비롯해 다른 사람과 이 세상을 글로 다 설명할 수 없으므로 사람들은 글쓰기를 멈추지 않는다.

오랫동안 갖고 있는 주제, 시간을 가장 많이 보낸 주제, 그래서 결국은 '나'로 향할 수밖에 없는 주제로 글을 쓰면서 믿어야 할 것은 세 가지다.

- 모든 글쓰기는 연습이다.
- 글은 내가 아니다.
- 할 말이 많은 주제로 쓴다.

2020년 도쿄 올림픽에서 3관왕을 차지한 안산 선수는 활을 쏘기 전에 이런 주문을 외웠다고 한다.

"쫄지 말고 대충 쏴."

그녀가 이렇게 말할 수 있는 것은 무엇보다 자기 자신을 믿고 있기 때문이다. 우리도 그녀처럼 해보면 어떨까.

"쫄지 말고 대충 써."

당당하게 연습하듯 써야 내 안의 언어들이 비로소 숨을 쉰다. 그러니 글을 쓰겠다고 결심하는 대신 주제를 갖는 일에 몰두해야 한다. 글쓰기 방법은 최대한 잊고 내 주제에 대해 자유자재로, 그러나 꾸준히 말해보는 시간이 우리에게 더 간절하다. 시인 릴케는 이제 막 시를 쓰기 시작하는 얼굴 모르는 청년에게 이렇게 말했다.

•

늘 당신 자신과 당신의 느낌이 옳다고 생각하십시오.
—
《젊은 시인에게 보내는 편지》(라이너 마리아 릴케, 김재혁 옮김, 고려대학교출판부, 2006)

글쓰기에는 안전한 꽃길이 없다. 아무도 걸어간 적 없는 풀이 무성한 길 위에서 완벽을 추구하진 말자. 다만 아무렇게나 살지 않기 위해, 나답게 살기 위해 나를 믿고 쓴다. 이것이 글쓰기가 유일하게 우리에게 주는 위로이자 힘이다.

CHAPTER 1

나를 쓰다 보면
알게 되는 것들

●

이 세상에서 제일 중요한 것은,
어떻게 하면 내가 정말 나다워질 수 있는가를 아는 것이다.

—

미셸 드 몽테뉴

남이 나를 정의하지 않도록

나를 평가하는 말에
휘둘리지 않는 힘

글쓰기는 세상이 정해놓은 정의를 넘어 나만의 정의를 만들어가는 과정이다. 그것은 단지 세상이 정해놓은 정의가 옳거나 그르다는 것을 증명하는 일로 그치지 않는다. 그와 동시에 꼭 그 정의가 전부가 아님을 알고 나름의 당위성을 갖추는 일이다. 그렇게 글을 쓰면서 나다운 생각, 의견, 감정을 지닌다. 나만의 정의를 만들고 그것을 세상에 내놓는 일이 글쓰기다.

글쓰기를 시작하는 첫날 첫 시간에 종종 100문장 쓰기로 문을 연다. 며칠 동안 한 가지 주제에 대해 100문장 이상 쓰는 사람도 있고, 보통 20~30개 정도 쓴다. 나 역시 에세이 《그렇게 말해줘서 고마워》를 쓰기 전에 '말'에 대한 나만의 정의를 약 150문장 정도 써보았다. 떠오르는 대로 뒤죽박죽 써 내려간 탓에 연속성은 없지만, 각 문장이 내게 의미하는 바가 무척 컸다. 그 문장들 속에는 내 이야기가 보이지 않게 박혀있었다.

하루는 사람들과 '사랑'에 대해 100문장 쓰기를 해보았다. 그날 사랑의 사전적 의미인 "어떤 사람이나 존재를 몹시 아끼고 귀중히 여기는 마음"을 말하는 사람은 한 명도 없었다. 모두 심사숙고한 끝에 자기만의 '사랑'을 한 줄로 정의했다.

- 사랑은 옆에 있어주는 것이다.
- 사랑은 나중에 안다.
- 사랑은 희생이 필요하다.
- 사랑은 주고받는 것이다.

- 진짜 사랑을 느껴본 적이 없다.

여기서 끝이 아니었다. 각자 써 내려간 문장 중에 한 개를 골라 그 문장과 연결된 이야기를 꺼냈다. 모든 문장에 이야기나 사연이 있는 것은 아니지만, 짧은 문장 한 줄에서 깊은 속내가 줄줄이 엮여 나왔다. 그 문장을 첫 문장이나 끝 문장으로 삼아 글을 쓰기도 했는데, 자신이 정의한 '사랑'이 어쩌다 그냥 나온 게 아님을 알게 되었다.

그 한 줄의 문장은 어디서 갑자기 튀어나온 것이 아니다. 오랜 세월 자신과 시간을 보내다 나온 참이다. 그것은 사전 속 정의처럼 딱딱하게 경직되어있지 않다. 언제든지 나만의 이야기로 나갈 태세로 문장 속에 숨어있다.

글쓰기는 정의할 수 없는 '나'에 여러 경로를 통해 접근해보는 일이다. 한 가지로 정의하는 대신에 나의 다양한 생각과 의견, 마음을 꺼내본다. 도달할 수 없는 '나'에게 내가 갈 수 있는 만큼 최대한 가보는 일이다.

'나'에게 최대한 가보면 남의 생각을 따라가지 않게 된다. 누구에게나 똑같이 학습된 특정 의미로부터 벗어나는 길이다. 소속된 문화와 관습에서 놓여나는 일이며, 남이 나를 "너는 이러저러한 사람이다"라고 말하는 것에 휘둘리지 않을 힘을 갖는다.

글을 쓰기 전에 다음 물음에 답해보자.

다음 중 글을 쓰고 싶은 자신의 진짜 속마음은?

① 나는 쓰는 게 마냥 좋다.
② 생각을 정리하고 싶다.
③ 나 혼자 읽고 싶다.
④ 사람들에게 보여주고 싶다.
⑤ 책을 출간하고 싶다.
⑥ ○○(관심 대상)이 좋아서 쓰고 싶다.

중학생부터 성인까지 물어봤을 때 가장 많이 나오는 대답은 ②번이다. 많은 사람이 글을 쓰는 이유가 '생각을 정리하고 싶어서'다.

　우리는 생각이 복잡할 때, 마음이 갈피를 못 잡고 어수선할 때, 감정이 얽혀있을 때, 본심이 여러 개일 때 글을 쓴다. 그런데 인간은 늘 이런 상태에 있다. 단순한 때는 거의 없는 것 같다. 이것이 글쓰기가 필요한 이유다. 세상의 정의를 넘어 나만의 정의를 만드는 과정, 그리고 그 안에 나의 질서를 하나씩 넣어 '정리'하는 일, 마침내 세상에 하나밖에 없는 '정의'가 나오는 그 짜릿한 순간이 글쓰기다. 서툴고 이상하고 부족해도 된다. 이건 비밀인데 그럴수록, 되게 유리하다!

●

최상의 아름다움은, 반듯하고 곧고 꽉 찬 곳에서가 아니라
잘 어우러져 있으나 약간은 느슨하고 서툰 듯한 여백이 있어
본래의 모습이 훼손되지 않는 그런 곳에서 드러난다.
—

《내 마음의 도덕경》(김권일, 바오로딸, 2018)

|

1

현재
나를 가장 힘들게 하거나
난처하게 하는 사람은
누구인가?
이름이 아닌,
나와 그 사람의
관계를 나타내는 단어로 쓴다.

(예) 부모, 형제, 선생님, 친구, 상사, 동료 등

|

2

그 단어를 주어로
'○○은 ○○○○다'라고
정의를 내려본다.

(가능하면 100문장까지 쓴다.)

정답을 찾지 않기 위해 쓴다

잘 풀리지 않는
나만의 물음

참 아이러니한 것이 있다. 아이가 없는 나에게 자녀 문제로 상담하는 친구나 지인이 유난히 많다는 점이다. 아이를 키워본 적 없는 내가 그들에게 얼마나 도움이 될까마는, 이상하게도 아이들과 무슨 문제가 생겼을 때, 고민이 있거나 화가 날 때, 어떤 결정을 해야 할 때 그들은 부리나케 전화해서 하소연한다.

하루는 자녀 문제로 고민을 털어놓던 친구가 그날따라

내가 하는 말이 거슬렸는지 이렇게 말했다.

"야, 그 도덕 교과서 같은 소리 좀 하지 마."

듣기에 따라서는 기분 나쁠 수도 있지만, 나는 그 말을 듣고 정신이 번쩍 들었다. 그 말을 해준 친구가 오히려 고마웠다.

'내가 그동안 무슨 짓을 한 거지? 경험도 못 해본 일을 그렇게 떠들고 다녔으니.'

여기서 말한 '도덕 교과서'의 의미는 '정답'이다. 너무 당연하고 맞는 말이지만 우리 삶에서는 잘 적용되지 않는 이상적인 답이다. 도덕적인 답, 착하고 예쁜 답, 사람들이 인정해주는 답, 그것을 선택하지 않으면 집단에서 소외되는 그런 답이다. 그러나 그런 답에는 '나'가 없다.

글을 쓸 때는 어떨까? 나는 글을 쓸 때 도덕 교과서나 수많은 정답에 유혹을 받는다. 좀 더 이상적인 나, 사람들에게 인정받는 나로 보이고 싶은 마음 때문이다. 도덕적인 글쓰기가 위험한 이유는 두 가지다. 하나는 글에조차 속마음을 쓰지 못한다는 점이다. 다른 하나는 도덕적 글쓰기가 굉장히 쉽고 편안한 길이라는 점이다. 편한 길을 걷다 보면 거의 비슷비슷한 글이 나온다. 이상적이고 뻔한 내용은 누구나 쓸 수 있기에 매력도 재미도 없다. 그런 글쓰기에도 당연히 '나'가 없다.

우리는 정답을 외면하기 위해 글을 쓴다. 정답에서 멀어지고 그 답을 찾지 않기 위해 쓴다. 그러기 위해서는 자신의 이야기와 경험을 써야 한다. 아이를 낳아 키워본 경험이 없는 내 말이 친구에게 '도덕 교과서'로 들린 것은 내가 어디선가 보고 주워들은, 혹은 나의 이론적 소신을 펼쳤기 때문이다. 정답을 말하기는 쉽고, 바른 말을 하기는 더 쉽다. 너무 쉬워서 공감을 불러오지도 못한다.

'도덕 교과서' 같은 말을 쓰지 않으려면 어떻게 해야 할까? 자신의 이야기와 경험을 쓰되, 어떤 물음을 마음에 품고 글을 써본다. 정답을 쓰지 않는 좋은 방법은 '풀리지 않는 나만의 물음'을 갖는 것이다. 다른 사람들에게는 사소하지만 나에게만은 풀리지 않은 물음 하나를 떠올린다.

풀리지 않는 자기만의 질문으로 글을 쓰면 적어도 내용이 착하게 흐르지 않는다. 솔직해지면서 나를 들여다보게 된다. 자신의 이야기가 나오고 '나'가 있는 글을 쓴다. 이 질문에는 정답이 없다. 이런 글을 쓴다고 해서 상대의 마음을, 그 일이 일어나게 된 진짜 이유를, 나의 선택과 마음을 다 알 수는 없다. 정답을 찾으려고 글을 쓰는 것이 아니라, '나'를 알려고 쓴다면 뻔한 내용이 나오지 않는다.

얼마 뒤 그 친구가 또 아이 이야기를 꺼내기에 내가 볼멘소리로 말했다.

"아니, 도덕 교과서한테 물어서 뭐 하려고?"

친구가 호탕하게 웃으며 말했다.

"너는 그래도 우리 ○○이 입장에서 말해주잖아."

그랬다. 그는 그 말을 듣고 싶었던 것이었다. 자신은 비록 아이에게 화가 나 있어도 아이의 마음을 알고 싶은 게 엄마 마음이다. 내가 알지 못하는 엄마의 마음이었다. 그 친구라고 왜 정답을 모를까. 아이를 어떻게 키워야 좋다는 정석은 그녀가 나보다 더 많이 알고 있을 것이다.

우리 둘의 차이가 있다면 나는 책에서 배운 것을 '쉽게' 말한 것이고, 그 친구는 자기만의 이야기를 '힘겹게' 겪어

내는 중이다. 아이에 대해 글을 쓰면 누가 더 잘 쓸까? 누가 더 엄마들의 마음에 공감할 수 있을까? 정답이 아닌 것이 진짜 정답이다. 우리는 나만의 정답을 위해 글을 쓰는지도 모른다.

—

1

마음속에서
해결되지 않는 질문,
풀리지 않은 의문을
두세 개 정도 적는다.

—

2

그중
한 가지를
제목으로 삼아
글을 써본다.

자꾸만 신경 쓰이는 바로 그것

나의 마음은
어디에서 움직일까?

아주 오래전의 일이다. 자주 함께 여행을 다니던 친구가 있었다. 그녀는 시를 아주 잘 쓰는 사람이었는데, 조용하고 조금 냉소적이었다. 하루는 커다란 나무 아래 둘이 서 있었다. 햇살 맞은 이파리들이 여기저기에서 초록빛을 내고 바람도 좋은 날이었다. 그녀와 다르게 재잘거리기를 좋아하고 주책없이 감동과 칭찬을 난발했던 20대 초반의 나는 그날도 속마음을 그대로 표출

하고 말았다.

"하아, 너~무 예쁘다. 저것 좀 봐. 아유, 정말 좋다."

옆에 있던 친구는 계속되는 나의 감탄사에 이렇게 말했다.

"넌 뭐 그런 거에 그렇게 감동을 하냐."

우리 둘은 성격이 정반대였다. 하나는 안으로, 하나는 밖으로 되새김질하며 본인들의 서정을 키워갔다. 그런 이유로 서로에게 더 끌렸는지도 모르겠다. 그러나 나는 알고 있었다. 조용한 그 친구에게도 잔잔히 물결치는 일이 무수히 많다는 것을. 그럼에도 어수선하지 않은 그녀가 참 좋았다.

감동感動이란 마음이 움직인다는 뜻이다. 사람의 마음은 비슷비슷하게 한 방향으로 움직이지 않는다. 온도도 다르고 방향도 다르다. 사람이라면 보편적으로 느끼는 감동이 있기는 하지만, 각자의 마음을 더 많이 움직이게 하는 '무엇'은 따로 있다. 그것을 찾아 글을 쓰면 본인의 마음은 물론이고 타인의 마음도 움직일 수 있다. 생각해보자.

나는 무엇에 감동하는 사람인가?

나는 무엇에 마음이 움직이는가?

무엇에 대해 써야 할지 모르겠다며 글쓰기 주제를 찾는데 어려움을 호소하던 분이 있었다. 하루는 온라인으로 수업하는데 그분 뒤에 희미하게 화분 몇 개가 보였다. 내가 너스레를 좀 떨었다.

"선생님 뒤쪽으로 화분이 보이는데 식물 좋아하세요? 저는 똥손이라 잘 못 키워서 애들을 맨날 하늘나라에 보내는데요. 그래도 봄이 되면 왜 그렇게 식물을 키우고 싶은지 모르겠어요."

그러자 그분 얼굴이 전에 없이 환해지면서 한참 동안 식물 이야기를 했다. 그러면서 카메라를 가져가 키우는 식물들을 구경시켜주었는데, 정말 아름다운 베란다 정원이었다. 며칠 뒤, 일주일 동안 쓴 글 중 하나를 일부 낭송하는 시간이었는데, 나는 조심스레 그분께 발표할 수 있냐고 물었다.

"정말 죄송해요. 이번 주도 못 썼어요. 그런데 동물에 관한 책을 읽었어요. 마음에 와닿은 부분을 읽어봐도 될까요?"

6주 넘게 글을 한 편도 쓰지 못해 매번 다른 사람의 글을 듣기만 했던 터라 반가운 마음에 그러시라 했다. 그분은 동물 에세이의 일부를 낭송한 뒤에, 소회를 덧붙였는데 내용이 깊고 좋았다.

"선생님, 그 책 내용도 좋지만 선생님의 느낌이 감동이에요. 제가 지난주부터 느낀 건데 선생님께서 식물이나 동물, 생명에 관심이 많은 것 같아요. 그 이야기를 할 때 얼굴이 확 살아나는 것 같아요."

그분은 내 말을 들으며 연신 고개를 끄덕였고 무슨 사연인지 모르지만 눈물을 훔치기도 했다. 얼마 뒤 그녀는 생명에 관해 쓴 시를 우리에게 보여주셨다. '가을'을 소재로 한 처연하고 아름다운 시였다.

이렇게 우리의 얼굴을 환하게 만드는 주제는 무엇일까? 그것은 수시로 바뀌기도 하지만, 오랜 세월 내 삶을 관통하는 무엇이기도 하다. 글을 쓰기에 좋은 주제다. 나의 마음을 움직이게 하는 그 무엇.

나 김유진의 감동은 '글'에서 비롯된다. 그중에서도 읽고 쓰기 어려워하는 사람들을 향해 마음이 움직이곤 한다. 어떤 상황 때문에 배움이 늦어졌거나 마음에 있는 것을 잘 표현하지 못하는 사람들에게 마음이 간다. 내가 지금 하는 일들, 쓰고 있는 글, 봉사들이 다 그쪽을 향하는 것은 결코 우연이 아니다. 이 감동은 어디에서 비롯되었을까? 내 감동의 시작점은 어디일까? 어린 시절에 말을 더듬으며 속마음을 제대로 표현하지 못해 답답해하던 모습이 아닐까 짐작한다.

유난히 감동하는, 나의 발걸음을 멈추게 하는, 내 마음을 계속 건드리는, 자꾸 신경 쓰이는 것이 당신의 주제다. 자기만의 감동에는 비슷한 색깔과 패턴이 있다. 그것을 찾아 쌓으면 글이 되고 그 감동의 시작점도 발견된다. 감동의 시작점에 관해 쓰는 것도 좋다.

글에는 글을 쓴 사람의 생각과 의견, 욕망이나 바람, 지식이 있다. 그 모든 것이 당신의 마음을 움직이게 한 무엇이다. 무엇에든지 감동해야, 아니 마음을 많이 움직여야 글쓰기를 시작할 수 있다.

L씨는 자신의 주체할 수 없는 감동을 이렇게 표현했다.

"저는 뭔가를 보면 자꾸 마음이 설레고 흔들려요. 감정이 올라오고 감동의 물결이 파도를 쳐요. 자연을 봐도 그렇고, 사람들이 살아가는 모습을 볼 때도 그래요. 그런데 어쩜 좋아요. 그걸 다 써서 남길 수가 없어요. 제가 정리를 잘 못 하거든요. 여기저기 막 써놓아서 잘 찾지도 못해요. 좀 아쉽긴 해요. 그때를 놓치면 다른 날 똑같은 상황이 와도 그 느낌은 다시 기억할 수 없으니까요."

감동하기를, 몸이 기우는 곳에 부디 마음을 더 내보이기를.

**나답게
쓰기**

|

1
가족, 친구, 동료 등
주변 사람 중 한 명을 골라
그를 찬사하는 글을 쓴다.

|

2
특히 그 사람의
어떤 면에 감동하는지에
관해 쓴다.

．

"인류에 대해 쓰지 말고 한 사람에 대해 써라."

———

E. B. 화이트(수필가)

내 이야기를 밖으로 밀어내려면

무엇을 쓰고 싶은지
구체적으로

책이나 SNS 등 공개적인 글쓰기를 할
때는 읽는 사람을 생각하면서 글을 써야 한다. 많은 사람
이 글을 쓸 때 독자를 자꾸 잊는다. 청소년을 대상으로 하
는 글인데 어려운 말을 잔뜩 써놓고, 초등학생 부모를 대
상으로 하는 내용인데 사례 없이 이론과 정보만 나열하는
것 모두 독자를 잊은 모습이다. 독자를 생각하며 글을 쓰
면 자신이 원하는 주제에 구체적이고 명확하게 접근할 수

있다.

한편, 독자 없는 글을 쓰는 사람도 있다. 혼자 쓰고 혼자만 읽는 사람들이다. 아무 문제 없다. 다른 사람에게 보여주지 않아도 된다. 물론 그들 중에는 스스로 의도한 경우도 있고, 아직 독자를 만날 기회를 얻지 못한 이도 있다. 이유야 어쨌든 혼자 글을 쓸 때 가장 주의할 점은 주제의 크기를 줄이는 것이다. 독자가 없기 때문에 주제가 넓고 커지기 쉽기 때문이다.

보통 무엇에 관해 쓸 것이냐는 질문에 이렇게 말하곤 한다.

"제 인생을 정리해보고 싶어요."
"지나온 삶을 쓰고 싶은데 어렵네요."
"제 아이에 대해 쓸 거예요."
"여행에 대해 써볼까 생각 중이에요."

이처럼 주제를 넓고 크게 잡으면 글을 시작하기가 어렵다. 부담스럽고 쓰기가 싫어진다. 시작하지 못하니 쓰기를 미루게 된다. 결국 버킷리스트 같은 데 올려놓았다가 쓰지 않을 가능성이 크다. 반대로 주제의 크기를 줄이면 글을 쓰게 된다.

다음 예시를 통해 글쓰기 주제를 줄여보자.

• 1
"그냥 제 일상을 쓰고 싶어요."

"네. 좋습니다. 그럼 하루 일상을 평일과 주말을 나눠 이야기해볼까요?"

"평일에는 아침에 회사 갔다가 집에 오는 게 다예요. 집에 와서 이직 준비하느라 자소서 쓰고 있고요. 요즘은 친구도 잘 못 만나서, 저녁 늦게 친한 친구랑 카톡으로 이야기해요."

"주말에는요?"

"주말에는 자전거 타러 가요. 지난달에 자전거 동호회에 들어갔는데, 아직 어색해요. 그래도 혼자 타는 것보다 재미있어요. 모임에 안 갈 때는 부모님 댁에 가요. 자취 시작한 지 6개월쯤 되었는데 집에 가서 냉장고 쓸어 와요."

"자취 시작한 지 6개월 되셨는데, 부모님과 살 때와 많이 다른가요? 저도 스물여섯에 처음 독립했는데 매일 가난했거든요."

"엄청 다르죠. 저는 세제 값도 아까워서 부모님 댁 세제를 덜어오기도 해요. 헤헤."

"그럼 일상 제1탄으로 '자취 6개월 차 독립 일기'부터 써볼까요?"

2
"살아온 인생을 정리하고 싶어요."

"네. 좋아요. 그럼 어느 시절로 먼저 가볼까요?"

"……."

"할 말이 많은 시절로 가보세요. 나를 힘들게 한 사람이나 사건에 머물러도 좋아요."

"집안 사정이 어려워서 어렸을 때 형제 중에 저만 큰댁에서 살았어요."

"거기서 얼마나 사셨어요?"

"3년이요."

"3년 중에 생각하는 하루를 떠올려볼까요?"

"큰어머니가 자기 애들 도시락에만 맛있는 것을 싸주셨어요. 그게 어린 마음에 큰 상처였어요. 지금도 도시락만 보면 그때 생각이 나요."

"그 '도시락 이야기'부터 쓰면서 살아온 인생을 정리해볼 까요?

'일상'은 '자취 6개월 차 독립 일기'로, '살아온 인생'은 '도시락 이야기'로 변했다. 처음에 쓰고 싶었던 '일상'과 '살아온 인생'이라는 주제를 포기한 건 아니다. 쓰기 위한 일보 후퇴다. '일상'이나 '인생'이라는 주제는 너무 커서 밖으로 꺼낼 수가 없다. 그래서 그 이야기의 크기를 좀 줄 여서 시작하는 것이다.

여기서 놓치지 말아야 할 중요한 점이 있다. '자취 6개 월 차의 독립 일기'는 일상의 제1편이고, '도시락'이라는 소재 역시 나의 인생을 말하기 위한 첫 번째 이야기라는 점을 잊지 말아야 한다. 그래야 그다음 이야기로 이어갈 수 있다. 그렇게 써나가야 자신이 쓰고자 했던 '일상'이나 '인생'이라는 주제에 가 닿을 수 있다.

독자가 있는 글을 쓰는 사람은 그 글을 읽는 '대상'과

'목적'을 최대한 줄이고, 독자가 없는 글을 쓰는 사람은 '주제'를 최대한 줄여서 쓴다. 아울러 독자가 없어도 독자가 있다고 생각하고 글을 쓰는 편이 좋다. 글쓰기 주제, 독자, 목적을 줄이거나 최소로 잡는 이유는 당신이 하고 싶은 말을 하기 위해서다.

누군가 당신에게 무엇에 대해 쓸 거냐고 묻는다면, '무엇의 무엇의 무엇'이라고 답하자. 그것이 구체화될수록 나의 이야기가 밖으로 나올 수 있다.

|

1

써보고 싶은 주제를
한 가지 정한다.

|

2

그 글을 쓰고 싶은
나만의 목적을 간단히 쓴다.

|

3

1번에서 정한 주제를
시간으로는 하루 이내,
장소로는 하나의 공간,
사람이라면 한 명으로
최소화하여 다시 정한다.

|

4

1번과 3번에서 정한 주제를
비교해본다.

나 자신과 솔직하게 대화하는 법

나의 '처음'에서
발견하는 것들

　　　　　무언가를 처음 시작한다는 것, 그 시작점을 알기란 쉽지 않다. 삶에는 기억나는 '시작'보다 아무도 모르게 스쳐 지나간 '시작'이 더 많다. '시작'이나 '최초'는 그 당시에는 분명하게 알지 못한다. '그래, 그때가 시작이었어'라며 시간이 한참 지나야 알 수 있다. 그러므로 좋은 시작은 어떤 형태로든 지금 내 옆에 남아있고 그 시작점을 내 스스로 선언할 수 있어야 한다.

'이때가 내 시작이었지.'

쓰기는 어디에서 시작될까? 모든 쓰기는 읽기에서 시작된다. 그 읽기에도 '최초'가 있다. 사람들은 저마다 읽기의 작은 역사를 지닌다. 그 읽기의 시작점으로 거슬러 올라가보면 작은 뿌리가 보인다. 그 뿌리가 지금 내가 쓰고 있는 글과 상관없을지라도 처음으로 돌아가보는 것, 그 시작을 내가 정하는 것은 쓰기의 가장 좋은 시작이다.

나는 초등학교 때 고모가 사준 펄 벅의 《대지》를 읽으며 이야기의 재미를 처음 느꼈다. '이 이야기가 끝나지 않았으면 좋겠다'고 생각하며 조금씩 아껴 읽었던 기억이 생생하다. 중고등학교 시절에는 소설이나 학교 교사가 쓴 에세이에 푹 빠져있었다. 책을 읽다가 눈이 아파 안과에 갔는데 실명으로 이어질 수 있다(나중에 오진으로 판명되었다)는 의사의 말을 들은 날, 읽고 있던 책을 마저 읽고 눈이 멀겠다고 고집을 부려 어머니 속을 뒤집어놓은 일도 있었다. 지금 생각하면 좀 웃기지만 책에 대해서만은 진심인 십 대였다.

학교 숙제로 꾸역꾸역 억지로 읽은 제임스 왓슨의《이중나선》과 헤르만 헤세의《수레바퀴 밑에서》는 내가 골라 읽은 것들과 너무 비교되어 책이 재미없을 수도 있음을 알게 해준 최초의 책들이었다. 그 뒤로도 이러저러한 낯선 길을 따라 나만의 독서 역사를 차곡차곡 쌓아갔다.

철저한 계획하에 만들어진 역사는 없다. 계속되는 만남과 충돌 속에서 개인의 의지와 의도, 또 다른 우연과 필연으로 이어지는 삶의 모습처럼, 한 사람의 독서도 그런 길을 가게 된다. 거듭되는 우연과 필연 속에 만난 한 권의 책과 함께 가는 길은 언제나 예측할 수 없으므로 흥미로운 모양새가 나온다. 그래서 이 길이 어떤 모양이든 남들과 비교하는 것은 큰 의미가 없다. 각자의 모양대로 이야기해야 그 속에서 나다운 것을 찾을 수 있다.

그 이야기를 조금 들어보자.

"제 인생 책은《어린 왕자》예요. 어른이 된 지금까지 반복해서 읽고 또 읽고 있어요. 인생의 좌우명같이 늘 옆에서 저를 가르쳐주지요."

"저희 집에는 책이 몇 권 없었어요. 그래서 친구네 집에서 빌려 봤는데, 그렇게 읽기 시작한 게 세계문학전집이에요. 지금도 문학을 좋아해요."

"부모님 책장에 책이 잔뜩 있었어요. 어느 날부터 호기심이 생겨 한 권 한 권 읽은 게 제 독서의 시작이에요."

"과학 잡지를 구독해서 읽는 친구가 있었는데, 그 친구는 안 읽고 제가 다 가져다 읽었어요. 그렇게 과학에 눈을 떴고 그때부터 과학을 좋아했어요."

자신의 인생 책이나 첫 책을 이야기할 때 사람들의 눈에서 유독 빛이 난다. 자기만의 것일 때 뿜어져 나오는 빛이다. 추억을 더듬으며 향수에 젖기도 하고, 자신의 뿌리를 찾은 사람처럼 으쓱하고 뿌듯해한다. '처음'을 찾으면 왠지 가슴이 쫙 펴지는 느낌이 든다. 흔히 '처음'을 서툴고 부족하다고 생각하지만, 처음은 설렘이며 모든 역사의 출발이다.

읽기의 시작점을 찾는 이유가 쓰기와의 연결고리를 만들기 위해서만은 아니다. 하지만 읽기와 쓰기는 본래 한

몸이라, 의도하지 않아도 읽기의 처음으로 가보면 쓰기의
출발점에 서게 된다.

"전 어릴 때부터 책 읽고 글 쓰는 걸 좋아했어요. 지금
은 전혀 다른 일을 하고 있지만, 지금도 조금씩 일기장에
끼적거려요."

"저는 책을 거의 안 읽으며 살았어요. 그런데 인생에 큰
고비를 만났을 때 우연히 책 한 권을 읽었어요. 그 책을
시작으로 지금까지 읽고 있네요. 거기다 글까지 쓰고 있
다니 정말 신기해요."

"책이요? 그렇게 가깝다고 생각해본 적이 없는데 돌아
보니 아니었어요. 어렸을 때 이야기를 만들어서 친구들에
게 들려준 게 바로 저예요. 하하하."

"그러고 보니 중학교 때 우연히 읽은 철학책을 지금까
지 읽고 있네요. 제가 지금 쓰고 있는 글과 아주 연관이
깊어요."

쓰기는 읽기에서 시작된다. 그럼 읽기는 어디에서 시작

되었을까? 모든 읽기는 '나'로부터 시작된다. 나를 더듬더듬 발견하는 과정이다. '나'에서 시작된 읽기는 쓰기의 시작이 되고, 쓰기는 또 다른 '나'를 향해 간다. 그 둘은 같으면서 다른 '나'다. 이것이 읽기와 쓰기로 만날 수 있는 유일한 내가 아닐까?

•

책은 우리를 타자에게 인도하는 길이란다.
그리고 나 자신보다 더 나와 가까운 타자는 없기 때문에,
나 자신과 만나기 위해 책을 읽는 거야.
──
《그레구아르와 책방 할아버지》(마르크 로제, 윤미연 옮김, 문학동네, 2020)

**나답게
쓰기**

'첫 책'이라는 주제를 가지고 다음 물음에 답해본다.

1

어린 시절 읽은 책 중 기억에 남는 책

2

독서의 첫 전환점이 되어준 책

3

작품을 거의 다 읽었을 정도로 팬인 작가의 이름

4

나와 책 사이에 생긴 인상적인 에피소드

5

내가 글을 쓰게 된 최초 이야기

1부터 5 중 한 가지를 골라 글로 써본다.

CHAPTER 2

◇

나의 연약함을 씁니다

·

글을 쓸 때에는 모든 것을 내려놓아라.
당신의 내면을 표현하기 위해
단순한 단어들로 단순하게 시작하려고 노력하라.
—

나탈리 골드버그

누구나 결국 '나'에 대해 쓰게 된다

내 마음의 모양

어릴 적 방학 때만 되면 또래 사촌들이 모여 이 집 저 집을 오가며 함께 시간을 보내곤 했다. 초등학교 고학년 때인가? 우연히 사촌 언니의 책상 앞에 쓰여있는 짧은 문장을 보았다.

시은이는 지금 공부하고 있다!

나는 세 살 많은 언니의 다부진 결심을 쳐다보며 이런 저런 생각에 빠졌다.

'엇? 제일 친한 친구인데 그래도 이기고 싶은 건가? 좋아하는 친구를 이기고 싶은 마음은 어떤 거지? 나도 나중에 저런 마음이 들까? 언니가 공부 때문에 힘든가? 공부란 게 얼마나 힘든 거지? 나도 곧 공부가 힘들어지겠지?'

생각에 꼬리가 이어질수록 내 마음은 언니에서 비켜나 '나'에게로 가고 있었다. 언니의 마음을 알고 싶다가 내 마음이 궁금해졌으며, 언니를 걱정하다가 내 미래가 걱정되었다. 그 문장의 주어는 더 이상 '언니'도 '시은'이도 아닌, '나'로 바뀌어 갔다.

다른 사람이 쓴 메모에 관심을 두기 시작한 게 그때부터였다. 누군가가 책상에 붙여놓은 글귀나 책 귀퉁이에 써놓은 메모, 낙서 같은 것에 마음을 빼앗기는 일이 종종 있었다. 그 사람의 속마음을 보는 것 같은 은밀함을 즐겼고, 그것을 내 마음대로 해석하면서 '나'에게 대입해보는 것이 좋았다.

지금 이 글을 쓰고 있는 내 책상 앞에도 이런저런 메모가 붙어있다.

- 언젠가 읽고 싶어서 써 놓은 책 제목
- 요즘 관심이 생긴 단어 하나
- 인간관계로 마음이 힘들 때 자주 읽는 한 줄
- 어떠했으면 좋겠다는 자신의 바람
- 작업하는 책들의 주요 키워드와 주제
- 일이 복잡하게 꼬였을 때마다 읽어보는 문장

나는 이것들을 한동안 반복하여 읽는다. 커다란 사탕을 입에 넣고 이리저리 굴리듯이 단어와 짧은 문장을 수시로 읽는다. 나는 그것들이 무엇이 될지 잘 모른다. 눈으로 읽다가 그치는 것도 있고 어떤 것은 휴지통으로 가며, 다른 글귀로 바꾸기도 한다. 마음속으로 혼자 힘들었던 감정을 잠재우기도 하며, 훗날 나의 글쓰기에 인용되는 문장도 있다. 운이 좋게 더 큰 프로젝트나 어떤 일의 씨앗이 되는 경우도 있다. 전부가 우연이다. 내가 부딪쳐 만들어낸 사유의 우연들……. 그것들이 결국 '나'를 만나게 해준다.

'나'를 찾기 위해 글을 써보고 싶은데 무엇을 써야 할지 막막하다고 말하는 분들이 있다. 그분들이 정말 쓸 것이 없어서 그런 것일까? 그렇지 않다. 강의 시간에 그분들을 몇 마디로 '터치'만 해도 이야기가 봇물 터지듯 터져 나온다. 조금만 건드려도 우르르 쏟아져 나올 만큼의 상당한 양이다.

"전 행복에 관해 쓸 겁니다. 어린 시절 느꼈던 행복감을 쓰고 싶어요."

"저는 지난 10년 동안 배우고 있는 바이올린에 관해 쓸 거예요."

"코로나로 여행을 못 가서 아쉬워요. 그래서 그동안 여행 가서 찍은 사진을 정리하고 있는데 그걸 보니까 글을 쓰고 싶더라고요."

"돌아가신 아버지에 대해 쓰고 싶어요. 아버지와 사이가 별로 안 좋았는데 좋았던 기억을 찾아서 써보고 싶어요."

"전 제가 앞으로 할 사업 이야기를 하고 싶어요. 제가 꿈꿔온 일이에요."

"단짝 친구 넷이 있어요. 그 친구들과 등산 다닌 이야기를 쓰고 싶어요."

"저는 우리 언니 얘기를 쓰고 싶어요. 우리 언니 진짜 고생 많이 했거든요. 정말 대단한 사람이에요."

"제가 정말 싫어하는 상사가 있는데요. 그 상사가 일하는 방식을 보면서 '나는 저렇게 하지 말자' 하는 식으로 메모해놓은 게 많아요. 그걸 글로 쓰고 싶어요."

우리는 모두 자기만의 이야기가 있다. 여기서 말하는 '터치'란 외부로부터 오는 자극이다. 쓸 것이 없다고 생각하는 순간은 어쩌면 자기만의 이야기를 오랫동안 가만히 두어 마음속 밑바닥에 가라앉아 그대로 굳어있는 상태일지도 모른다. 다른 무엇인가로 변해볼 기회를 박탈당한 채로 말이다. 그렇다고 매번 남이 건드려 주기만을 기다릴 수는 없다. 스스로 그것들을 깨워야 한다. 내 손으로 건드려야 한다. 그리고 기다렸다가 쓰면 된다.

책상 앞에 붙여놓은 누군가의 말과 글, 밑줄과 메모, 낯선 공간, 잠깐 본 영상 들에 나를 끊임없이 노출해야 한다. 이때 내가 '쓰고 싶은 무엇'이 있어야 그 터치를 더 강렬하게 느끼며, 글로 쓰게 된다. 그것들에 의해 마음이 움직이고, 여러 생각으로 뻗어 나가며 나도 몰랐던 내 생각과 마음을 발견하게 된다.

우리는 이야기를 가진 사람들이다. 글을 쓰기 위해 새로운 경험을 하는 것도 중요하지만, 이미 한 경험과 이야기를 다른 것과 만나게 해서 '새로운 길'을 내는 것이 글쓰기가 주는 선물이다. 내면에 가라앉아있는 것들을 깨울 사람은 나 자신이다. 그러기 위해서는 앞에서 말한 대로 '뭔가'에 의해 계속해서 자극받아야 한다. 글 쓰는 사람들은 그것들을 자기 주변에 영리하리만큼 잘 배치해놓는다. 몸과 마음 가까이에 두어 무시로 이리저리 굴려보면서 글을 써 내려간다.

살아가면서 바깥으로부터 자극을 받지 않은 사람이 있을까? 세 살짜리 꼬맹이도 나이 지긋한 할머니도 그 순간의 기쁨을 느낀다. 글을 쓰는 사람은 무엇이 다를까? 글을 쓰는 사람들은 터치, 노출, 만남, 자극 같은 것들을 자기 일상에 의도적으로 지속시킨다. 시간을 들여 거기에 머문다. '장미꽃'이란 단어가 내 안에 들어왔을 때 그냥 흘려버리지 않고 쓸 것이 생길 때까지 끈질기게 잡고 있다. '장미꽃'이 '나'와 만나 또 '다른 나'가 나올 때까지 누구보다 오래 집중한다.

나를 알아간다는 것은 무엇일까? 바깥에 있는 것들과 '나 자신'을 부딪쳐보는 기회를 만드는 일이다. 부딪치는 시간을 꾸준히 버텨야만 내가 '나'를 알 수 있다. 글쓰기도 이와 같다. 어린 내가 사촌 언니가 쓴 문장을 읽으며 결국 생각의 방향을 '나'로 튼 것처럼, 인간은 본능적으로 바깥과 부딪치는 과정에서 자기 자신을 발견한다.

부딪치는 과정에서 무엇이 나올지 우리는 잘 모른다. 나의 마음 상태, 고민, 이상, 관계, 욕망, 소망 등이 얽혀 나올 수 있다. 생각지도 못했던 것이 문장이 되어 영원히 비어있을 것만 같았던 여백을 꼼꼼히 채워준다. 글이 나를 이끌어가기도 하니까.

지금 글을 쓰고 있다면 깨어있어야 한다. 글쓰기는 자

신을 다른 것들과 만나도록 지속해서 주선하는 일이다. 그 시간 안에서만 나 자신을 알아가는 글쓰기를 할 수 있다. 나는 무엇을 만나든 결국 '나'를 쓰게 된다. 그제야 비로소 나만 할 수 있는 이야기가 나온다.

나답게
쓰기

1

하고 싶은 말(주제)을 한 문장으로 쓴다.

2

1번 문장을 10일 동안 마음에 품고 다닌다.

3

순간순간 내가 '보고 듣고 읽는 것'들을
1번 문장과 만나도록 한다.

4

다른 사람의 문장이나 단어(1번 문장과 관계된)
두세 개를 책상 앞에 붙여둔다.

5

3일 동안 그 문장이나 단어들에 머물러본다.

6

1번 문장을 고쳐 쓴 뒤에, 글쓰기를 시작한다.

상처에 새로운 이름을 붙이세요

나의 진짜 아픔을
보게 되는 일

얼마 전 만난 친구가 자신이 지난 2년 가까이 겪은 이야기를 꺼냈다. 나는 그 사람이 그렇게 힘든 일을 겪고 있는지 정말 까마득히 모르고 있었다. 30분에 압축해서 듣기에는 너무 미안한 이야기였다. 중간중간 붉어지는 눈시울, 잠기고 갈라지는 목소리, 끊어졌다 다시 이어지는 침묵들, 그러면서도 웃음과 의연함을 잃지 않으려는 그의 말소리가 아직도 들리는 듯하다. 이제는

다 잘 해결됐노라고 말하는 그 사람 앞에서 나는 뒤늦게 눈물 몇 방울 흘리는 것밖에 해줄 것이 없었다. 그러나 내가 그 사람과 2년의 세월을 함께했던들 크게 다르지는 않았을 것이다. 내 아픔이 타인에게 다 전해지지 않는 것처럼, 나 또한 타인의 시간을 살지 못한다.

글쓰기 모임에서 주제를 정할 때 열에 서넛은 자신의 아픔을 쓰겠다고 한다. 어린 시절 가족이나 주변 사람들에게 받은 상처, 해결되지 않는 열등감, 결핍, 트라우마, 좌절, 원망, 불안 등 자신의 연약한 부분에 관해 쓰고 싶어 한다. 누군가 힘들 때 글을 쓰라고 가르쳐준 것도 아닌데, 그들은 본능적으로 '쓰기'를 자신의 치유책으로 고른다.

나 또한 내 열등감을 주제로 글을 써본 경험이 있기 때문에 그들의 결정을 전적으로 응원한다. 세 가지 주의사항(?)도 잊지 않는다. 그중 하나가 '공개 여부'다.

"쓰신 글을 다른 사람에게 꼭 보여주지 않아도 됩니다. 나의 아픔을 다른 사람들에게 말한다고 능사는 아니니, 그건 자신에게 물어보고 결정하세요. 저는 공개할 수 있는 것은 공개하고, 그럴 수 없는 것은 제 파일에 넣어두었습니다. 두 가지 방법 모두 도움이 되었어요. 공개 여부가 나를 치유해주는 게 아니라, 글을 쓰면서 자신의 연약함을 새로운 길로 데리고 들어가고, 나의 주체성을 기르는 것이 치유의 시작입니다."

두 번째는 자신의 연약함을 쓰는 것이 글쓰기 양을 늘리는 데 가장 좋은 방법이라는 점이다. 각자의 아픔을 쓰려는 사람들에게 섣부른 위로 대신 일석이조의 효과를 말한다.

"각자의 상처나 열등감은 어떤 면에서 글쓰기 주제로 가장 훌륭합니다. 여러분의 아픔이 무엇인지 모르지만, 각자 그것과 함께 지내온 세월이 있어요. 그 세월을 당해내는 주제는 없습니다. 평생 나와 살아온 열등감이나 상처, 어느새 시간이 흘러 돌이킬 수 없는 일이 된 사연이나 마음속에 용서하지 못한 사람에 관해 쓰세요. 할 말이 아주 많을 거예요. 그러다 보면 글쓰기 양이 늘어요."

세 번째는 글을 쓴다고 다 치유되지 않는다는 점이다. 오히려 글로 쓰면서 의외의 점들과 만나게 된다.

- 글로 써보니 별거 아니라 민망해진 상처

- 오랫동안 굳게 믿었던 극단적인 신념

- 자기 연민에 빠져 혼자 부풀린 열등감

- 알 수 없는 원망의 정체

- 비논리적으로 얽혀있던 마음 회로

- '나'를 인정하고 싶지 않아서 만든 가짜 상처

글을 쓰면서 이런 것들을 하나하나 발견하는 것이 치유의 시작이다. 상처나 연약함 대신 새로운 이름이나 의미를 붙여주는 것이 글쓰기가 할 수 있는 치유다. 새로운 눈을 갖게 되면 상처나 열등감이 아닌 것까지 그렇게 치부해버린 자신의 안일함에 조금씩 눈을 떠간다. 그러면 비로소 그것들에 가려져 있던 나의 진짜 아픔을 본다. 그때는 온 마음을 다해 그것을 위로해주었으면 좋겠다.

자신의 아픔에 대해 글을 쓸 때는 세 가지를 기억한다.

- 공개 여부는 치유와 상관없다.

- 글쓰기 양을 늘리는 데 좋은 주제다.
- 모든 것이 치유의 대상은 아니다.

영화 〈화양연화〉의 남자 주인공 차우는 술을 마시며 친구에게 옛날이야기를 들려준다.

"옛날엔 감추고 싶은 비밀이 있으면…… 산에 가서 나무 하나를 찾아 거기에 구멍을 파고는 자기 비밀을 속삭이고 진흙으로 봉했대."

몇 년 뒤, 이루지 못한 사랑에 아파하던 차우는 옛 사원의 돌담 구멍을 우두커니 바라보다가 거기에 입을 대고 자신의 가슴 아픈 비밀을 오래도록 털어놓는다. 그는 한참 뒤에 담담한 표정으로 사원을 나오고, 영화의 화면은 그의 이야기를 말없이 들어주던 구멍을 클로즈업한다. 그 구멍에는 흙덩어리가 덮여있고, 초록 풀들이 듬성듬성 솟아있었다.

글쓰기는 나를 위한 작은 구멍이다. 오랫동안 나를 짓누르고 있는 것들을 그 구멍에 대고 말해보자. 혹시 모르지 않는가. 그 속에서 연둣빛 새 살이 조금 올라올지도.

나답게
쓰기

|

1

자기 자신과
가장 오랜 시간을 보낸
열등감이나 상처를
한 가지 떠올린다.

|

2

A4 두 장 정도
글을 최대한 '길게' 써본다.

|

3

공개하고 싶은 사람만
자신의 SNS에 올린다.

계속해서 말하게 되는 이야기

얽매이지 않고
벗어나기 위해 쓴다

자신이 겪은 사건이나 경험을 말하며 그 일이 자신에게 어떤 의미였는지 말해보는 시간을 가진 적이 있다. '핵심 키워드'를 먼저 말한 뒤에 그것에 얽힌 구체적인 이야기를 이어가는 활동이었다. 자신이 하는 이야기가 '핵심 키워드'로 수렴되는지 체크해보는 이 활동은 글을 쓸 때 글의 내용을 하나의 주제로 모으는 과정을 체험(?)하는 연습이었다.

"이것은 제 '욕심'에 관한 이야기예요. 3년 전 회사에서 P라는 사람과……."

"이것은 '사랑'에 대한 이야기입니다. 저는 결혼을 하지 않으려고 했어요. 왜냐하면……."

"이건 '용서'에 대한 얘기예요. 저희 아버지는 저희가 어린 시절에 일을 거의 하지 않고……."

이 연습을 할 때 사람들의 이야기를 들어보면 이야기가 술술 잘 전개되는 느낌을 받을 때가 많다. 특히 다른 발표를 할 때보다 이야기 솜씨가 월등해지는 사람들이 있는데 남들 앞에서 수차례 이야기해보았구나 하는 생각이 들 정도다. 혹시 그게 그들의 레퍼토리는 아닐까?

우리는 가족이나 가까운 친구들의 레퍼토리를 잘 알고 있다. 너무 많이 들어서 서로 "○○이 레퍼토리 또 나오네", "그 레퍼토리 왜 안 나오나 했다", "레퍼토리 좀 바꿔"라고 말하기도 한다.

레퍼토리repertory란 공연장에서 정기적으로 '공연할 수 있는 작품 목록'을 의미한다. 또한 '들려줄 수 있는 이야깃거리'를 뜻하기도 한다. 이 단어는 명사 'repertorium'라는 라틴어에서 파생되었고, '재고' 또는 '목록'을 뜻한다.

여러분의 창고에는 얼마나 많은 이야기 재고가 쌓여있을까? 그 이야깃거리들은 바깥에 얼마나 자주 나가보았을까, 아니면 그 안에서 평생 살아왔을까? 만약 그것 중에 여러 번 말해본 이야기가 있다면 이제는 그것을 써볼 때가 왔다.

'자꾸 말하고 싶은 것'이나 '자꾸 말하게 되는 것'은 글쓰기의 좋은 소재다. 반복해서 말하는 동안 나름의 서사나 자기만의 관점이 갖춰졌을 가능성이 높기 때문이다. 그것을 말하듯이 쓰면 매끄럽고 자연스럽게 연결되어 완성도 있는 글이 나온다.

누구나 인생에 레퍼토리 몇 개쯤은 갖고 있다. 지극히 개인적인 이야기일 때도 있고, 사회나 세상 속에서 겪은 이야기, 전문적인 일이나 공부와 관련된 것도 있다. 사람들이 반복해서 하는 말속에는 다음 두 가지가 공통으로 드러난다.

긍정적인 레퍼토리	부정적인 레퍼토리
자랑스럽고 자신 있는	인정받지 못했던
가장 행복했던	해결하지 못한, 실패한
뿌듯하고 의미 있는	너무도 아쉬웠던

사람들은 자기 안에서 해결되지 않는 문제를 반복해서 말하기도 하고, 어떤 자랑이나 기쁨을 반복해서 드러내곤 한다. 이 같은 레퍼토리를 글로 쓰는 것은 '여러 번 말하고 반복하는 이유'를 찾기 위해서다. 자신이 유독 자주 반복하는 레퍼토리를 써보면 그 이유가 드러나게 마련이다. 자신이 반복했던 이유까지 알고 나면 놀라운 일이 한 가지 더 생긴다.

예전처럼 레퍼토리를 입으로 떠드는 횟수가 줄어든다는 점이다. 이는 마음속에서 어느 정도 해소되었다는 뜻이다. 레퍼토리를 써보는 궁극적인 이유는 '그것을 버리기 위해서'다. 나도 모르게 얽매였던 이야기나 특정 생각으로부터 벗어나기 위함이다. 그래야 새로운 나를 받아들일 수 있기 때문이다.

나는 나의 레퍼토리들을 사랑한다. 아직 보내지 않은 이야깃거리가 재고로 창고에 많이 남아있다. 그러나 사랑한다고 언제까지 내 곁에 둘 수는 없다. 오늘부터 그 이야기들을 더 많이 말해보아야겠다. 그러다가 그것을 글로 쓰는 순간이 오면 기꺼이 그 이야기를 놓아주겠다. 그렇게 나의 레퍼토리와 만나고 이별하는 과정이 '나'를 알아가는 글쓰기다.

—

1

내가 사람들에게
반복해서 말하는 이야기를
한 가지 골라 글로 쓴다.
또는 가족이나 친구들이
자주 이야기하는 레퍼토리를 골라
그들의 이야기를 써도 좋다.

—

2

자신(또는 타인)이
왜 그 이야기를 반복해서 말해왔는지
그 이유를 글의 끝에 밝힌다.

내가 좋아하는 it에 대하여

좋아하다 보니
쓰게 되기를

편집자로서 나는 책을 여러 권 내본 작가들과 일할 기회가 많았다. 그런데 요즘은 첫 책을 쓰는 작가들과 더 자주 만나고 일한다. 누가 더 새로운 저자를 잘 발굴하느냐가 편집자들 사이에 관심사인데, 그들이 저자를 찾는 곳은 단연 SNS다. SNS를 하는 사람들은 모두 잠재적 예비 저자다. 각자의 온라인 본부(?)에서 매일매일 부지런히 쓰고 공유하고 소통하는 사람이 작가가 아니면 누구를 작가라고 부를 수 있을까.

그런데 내가 만났던 첫 책의 저자들은 물론이고, SNS를 열심히 하는 예비 저자들은 '글'을 쓰지 않고 못 배기는 유형이 아니다. 글 자체를 지나치게 신성시하고 진중하게 여기지도 않는다. 그들은 '글'이 아니라 '다른 무엇'에 빠져 있다. 무엇인가에 빠져 어쩌다 보니 글을 쓰고, 어쩌다 강의를 하고, 그러다가 저자가 된 경우가 더 많다. 글쓰기 자체를 좋아하는 사람도 있기야 하겠지만, 그럼에도 불구하고 그들의 중심에는 자신이 '좋아하는 it'이 있다.

글쓰기가 두려운 이유는 무엇일까? 글쓰기를 대단한 무엇으로 생각하는 데서 두려움이 시작되는 것 아닐까? 무엇이든 쉽게 대충하는 것도 문제지만, 지나치게 엄숙하고 대단하게 여기며 기부터 죽고 시작하는 것도 좋은 태도라고 할 수 없다. 내가 하려는 일을 너무 높은 곳에 두면 절대 가까워질 수 없고, 잘 보이지 않아서 두려움만 더 커진다. 알고 나면 별것도 아닌데 말이다. 글이라는 수단에 무게를 좀 덜어내고, 내가 좋아하는 것에 집중하면서 밸런스를 맞춰보는 것은 어떨까? 좋아하는 것은 없던 힘도 생기게 한다.

열아홉 살 H는 검정고시 준비를 시작한 지 얼마 안 된 학생이었다. 그는 국어 지문을 읽고 문제를 푸는 것에 능숙하지 않았고 늘 소극적이었다. 그런 그에게 하루는 내가 국어 문제를 덮고 신문 기사를 읽어보자고 했다. 그 기사는 그가 유일하게 관심 있어 하는 '게임'과 관련된 내용이었다.

나는 일부러 그 기사를 미리 읽어 가지 않았다. 당연히 첫 문장, 첫 단어부터 막혀 잘 이해가 되지 않았다. 나는 H에게 도움을 청했다.

"H야, 나는 첫 문장부터 막히네. 이거 무슨 뜻인지 알아?"

H는 선뜻 대답하지 못했다.

"제가 영어에 약해서……."

기사의 첫 문장부터 영어로 된 게임 용어가 나왔고, 영어 약자만 있을 뿐 아무 설명도 없었다. 내가 못 참고 먼저 인터넷 검색창을 여는 순간, H가 말했다.

"선생님, 이거 이 뜻 같아요. 저건 저 뜻이고요. 이게 뭐냐면……."

H가 더듬더듬 설명을 이어가더니 어느새 예까지 들며 나를 이해시켰다. 사실 H가 그렇게 적극적으로 나온 건 그때가 처음이었다. 늘 "몰라요", "처음 보는데?"라거나 침묵으로 일관하던 사람이 맞나 싶을 정도로 목소리에 즐거움이 묻어났다. 그 단어를 처음 본 건 분명한데, 자신이 좋아하는 게 나오니 쉬 포기하고 싶지 않았던 것이었으리라.

평소 지문을 읽고 문제를 푸는 것이 어려운 H에게 '읽기'를 가볍게 뛰어넘게 한 것은 자신이 좋아하는 '게임' 덕분이었다. 반복해서 읽어보고 모르는 것을 유추하려는 노력은 아무 때나 발휘되는 힘이 아니다. 그건 좋아하는 사람만 먹을 수 있는 마음이다.

쓰기도 마찬가지다. '쓰기'라는 형식에 갇히면 한 발자국도 앞으로 나가지 못한다. 그럴 때는 형식보다는 내 마음, 그중에서도 '좋아하는 것'에 주목해야 한다.

나는 어린 시절부터 어머니의 편지를 종종 받았다. 중고등학교 때 도시락 속에 있던 작은 쪽지나 여행지에서 보내온 긴 편지가 생생하다. 아직도 어머니는 식구들에게 주는 생일 선물이나 특별한 일에 편지를 덧붙이는데, 실은 요즘 편지 내용보다 어머니의 글씨에 더 마음이 간다. 아주 단단하고 지적으로 보였던 글씨가 조금씩 힘을 잃어 흐물대는데 아무래도 세월 탓인 것 같다.

그러던 어느 날 어머니의 힘이 느껴지는 글을 다시 읽게 되었다. 그건 어머니가 다시 누군가를 가슴 뛰게 좋아하게 되었다는 뜻이기도 했다. 손자였다!

손자가 세 살 때쯤, 어머니는 그를 주제로 시를 썼다.

도윤아!

엄마는? 사랑해

아빠는? 사랑해

이모는? 사랑해

할아버지는? 사랑해

…… 할머니는?

"너무너무 사랑해"

할머니가 뒤로 넘어간다

그래, 매일 행복이란 도가니에 빠져 산다.

손자와 대화를 나누다가 생긴 에피소드를 그대로 적은 시였다. 시 내용도 좋지만 왠지 어머니의 글씨에 힘이 생긴 것 같아 나는 내심 기뻤다. 나는 시를 액자에 넣어주었고, 지금까지 어머니 집 선반 가운데에 그 시가 있다. 그 시의 주인공 손자는 이제 글자를 읽을 수 있는 나이가 되었다. 아이는 가끔 그 시를 또박또박 읽어보곤 한다. 그러고는 할머니의 사랑을 아는 듯 헤실헤실 웃는다.

글을 쓰는 모든 사람은 자신이 좋아하는 것을 쓴다. 우리가 읽고 있는 책의 저자도 마찬가지다. 내가 책을 만들면서 만난 작가들도 대부분 어떤 것을 좋아하다가 글을 쓰게 된 사람들이었다. 좋아하는 마음은 쓰기라는 형식을 무력화한다. 쓴다는 것 자체를 너무 대단하게 생각하면 내가 쓰고 싶은 주제가 위축되고 작아진다. 내 주제가 위축되면 쓰기가 두려워진다. 좋아하는 마음을 힘껏 내면, 일흔 가까운 할머니도 어느 날 문득 쓸 수 있는 것이 글이다.

좋아하다 보니 쓰게 되기를, 그리고 쓰기라는 감옥에 갇히지 말기를.

나답게
쓰기

1

좋아하는 대상을 한 가지 정한다.
사람, 동물, 사물, 장소 등.

2

그 사람이나 동물과 겪은
에피소드 한 장면,
또는 사물이나 장소에 얽힌
한 장면을 떠올린다.
그 장면을 마음속에서 사진처럼 찍는다.

3

마음속 사진을
다른 사람에게 이야기하듯
글로 쓴다.

누구도 배울 수 없거든요, 당신 이야기는

나만 쓸 수 있는 글

이 세상에 똑같은 사람은 없다. 누구도 같지 않다. 같아지려고 연습해도 특정인과 똑같이 생각하거나 말할 수 없다. 글쓰기도 마찬가지다. 닮을 수 없고 흉내 낼 수 없다. 자기만의 '무엇'이 누구에게나 있기 때문이다.

글쓰기를 시작하는 사람 중에 그 '무엇'을 찾기 전에 뭔가를 '배울' 결심부터 하는 이가 있다. 수학이나 영어처럼 다른 사람에게 배워 공부하면 그들처럼 쓸 수 있다고 생각한다. 그러면서 선생을 따라다니고, 필사하고, 누군가의 교정을 받고, 작법을 공부한다. 그런데 이런 것들이 글쓰기에 얼마나 영향을 미칠까.

"제가 글쓰기는 처음인데, 이번에 잘 배워서 잘 쓰고 싶어요."

"글쓰기 강의만 몇 번째 듣고 있어요."

"만만하게 생각했는데 배워야 할 게 너무 많네요."

"저는 ○○○ 씨처럼 글을 쓰고 싶어요."

"배움이 짧아서 그런지 너무 어렵네요."

이런 말에 나는 조금 짧게 대답한다.

"그만 배우셔도 됩니다."

하루는 '묘사'를 연습해보는 시간이었다. 묘사 대상은 흰 머리카락이 위쪽으로 뻗어있고, 눈을 장난스럽게 뜬 아인슈타인이었다. 조건은 그의 성격을 각자 설정한 뒤에 그것에 맞게 외양을 서너 줄로 묘사하는 것이었다. 열댓 명의 사람이 3분간 묘사한 글을 발표하였는데, 어쩜 그렇게 같은 것을 보며 다른 이야기를 할 수 있는지 매번 놀랐지만 그날도 마찬가지였다.

누가 더 묘사를 탁월하게 했는가를 평가하는 것은 내 권한이 아니었다. 다만 누가 어떤 단어와 문장의 배열로 자신의 감정을 드러내고 있는지, 또 각자 문장을 어떻게 시작하고 맺었는가를 그저 한 번 더 언급해주는 것이 내가 유일하게 그들에게 해줄 수 있는 일이었다.

짧은 시를 읽고 마음에 와닿은 단어나 구절을 선택할 때도 마찬가지다. 서너 줄짜리 짧은 시에서 고른 시어는 중복되기 마련이지만 그것을 고른 이유는 제각기 다르다. 안도현의 짧은 시 〈너에게 묻는다〉에서 '연탄재'를 고른 사람들의 이야기를 들어보면 이유도 다르고 사연도 각양각색이다.

우리는 이렇게 다 다르다. 그런데 이 중요한 것을 자꾸만 잊는 것 같다. 글을 쓸 때 더 자주 잊어버린다.

어느 날, 30대 여성이 손을 들고 말했다.

"제가 예전에 글쓰기 강의를 다녔는데 두어 번 가고 안 갔어요. 강의만 다녀오면 제 글이 완전 시뻘겋게 바뀌어서 돌아오는 거예요. 다른 분들은 다 잘 따라가는데 저만 낙오자가 되어서 너무 속상했어요."

나는 그분의 이야기를 들으면서 내가 편집자로서 고쳤던 수많은 문장이 생각났고, 그것을 받은 작가들의 속마음이 어땠을까 생각해보았다. 책으로 내자니 어쩔 수 없었다는 핑계가 있다지만, 그 미안함은 끝내 사라지지 않을 것을 나는 알고 있다.

이유는 하나다. 내가 그들의 마음을, 그리고 이야기를 건드렸기 때문이다. 잘 알지도 못하면서.

20년 가까이 수많은 사람의 글을 고치고 지우고 다시 쓰는 일을 하면서 알게 된 것이 하나 있다. 그 사람의 일은 그 사람이 썼을 때 가장 좋다는 것, 그리고 글쓰기는 타인에 의해 고쳐졌을 때 그 페이지만 잠깐 바뀐다는 점이다. 그러니 자신이 가진 특유의 분위기를, 오랫동안 삼켜온 감정을 자기 멋대로 자유롭게 써야 한다. 자신이 골라 쓴 단어와 그 배열을 믿고, 처음이나 마지막에 쓰고 싶은 문장을 결정하는 것도 자신이 해야 한다.

글을 쓰는 것이 두렵지 않은 사람은 없다. 그 글을 책임지지 못할까 봐 불안하기도 하고, 내 속마음이 잘 표현되지 않은 것만 같아서 속상한 마음도 든다. 말이 안 되는 것 같아 부끄럽고, 나의 생각과 감정이 글자 속에서 굳어질 것만 같은 망상이 떠오르기도 한다. 그래서 더 잘 쓰기 위해 '배워서' 쓰려는 것인지도 모르겠다. 그러나 글쓰기에 한해 당신은 배울 것이 없다. 내가 내 이야기를 하겠다는데 배워서 뭘 더 얼마나 잘 쓸 수 있을까.

우리에게 지금 필요한 것은 배우려는 마음보다는 쓰려는 마음, 쓰려는 마음보다 '내가 내 이야기를 가장 잘한다는 믿음'이다. 누구도 흉내 내지 못하는 말과 글은 이미 내 안에 있다. 그것들을 믿어주는 것이 글쓰기의 시작이다. 그 믿음이 당신만의 장점을 찾아줄 것이다. 그런 다음에 배워도 늦지 않다.

나답게
쓰기

1
자신의 글을 두 편 이상 읽으면서
잘 썼다고 생각하거나
장점이라고 생각하는 부분에
밑줄을 긋는다.

2
밑줄 그은 부분을 잘 살펴보면서
공통으로 발견되는 장점을
문장으로 표현한다.

우리는 되어가는 과정이다

마음에 담아두고
쓰고 싶지 않을 때

하루는 P씨가 첫사랑 이야기를 수줍게 꺼냈다. 젊은 시절 시작된 인연으로 아무도 모르게 혼자서만 좋아했던 어떤 사람 이야기였다. 그런데 긴 세월 이어진 우연과 필연으로 뒤섞여 전개된 데다가, 조곤조곤하면서도 포인트를 딱딱 잡아주는 P씨의 입담 덕분인지 거기 모여있던 사람들 모두 그 이야기를 넋 놓고 들었다.

나도 글쓰기 시간임을 잊고 그 이야기에 푹 빠져 재미

있게 듣다가, 이야기가 끝날 때쯤 정신을 차리고 이렇게 말했다.

"선생님, 그거 글로 쓰세요. 아, 너무 좋은데요."

그러자 P씨가 빙그레 웃으며 말했다.

"전 이 이야기 쓰지 않을래요. 마음에 담아 가지고 있을래요. 그냥 이렇게 생각하는 게 좋아요."

난 그의 말을 듣는 순간 머리에 망치를 맞은 느낌이 들었다. 아, 그 말이 맞는다. 그동안 사람들에게 무엇이든 쓰라고 부추긴 내가 부끄러웠다. 그 짧은 순간에 수많은 생각이 스쳐 지나갔다. 나는 얼른 이렇게 말했다.

"선생님 말씀이 맞아요. 다 쓰지 않아도 돼요. 맞아요!"

무엇이든 쓸 수 있는 것처럼, 어떤 것은 쓰지 않아도 된다는 것을 나는 잊고 있었다. 나도 쓰지 않는 것이 많으면서, 글쓰기 강의에서는 그 목적에 빠져 사람들에게 이렇게 말해왔던 것이다.

"글 쓰세요. 글 쓰세요. 그거, 좋네요. 쓰시면 됩니다."

나도 모르게 방출한 쓰기 강박감이 사람들을 불편하게 하지 않았을까 슬쩍 걱정되었다. 한편으로는 사람들이 P씨처럼 이미 알고 있었을지도 모른다는 생각도 들었다. 쓰지 않을 권리와 생각하는 즐거움에 대해서 말이다.

내 안에는 일부러 쓰지 않거나 쓰지 못하는 이야기가 수없이 많다. P씨처럼 생각하는 것만으로도 아주 좋아서 쓰지 않는 것도 있고, 쓰고 나면 더 힘들까 봐 엄두를 못 내는 이야기도 있다. 세월이 더 필요하고, 덜 익은 이야기도 있다.

이제는 사람들에게도 말할 수 있을 것 같다.

"쓰지 않고 간직해도 됩니다. 그걸 글로 써서 뭔가 더 좋아진다고 해도 쓰지 않을 권리를 누리세요. 그렇게 시간을 가지세요."

쓰지 않을 권리를 알게 해준 P씨에게 고맙다는 말을 전하고 싶다. 그리고 쓰기 강박증에 걸린 강사를 야단치지 않은 너무도 너그러운 나의 글동무들에게도.

그러나 사람 마음은 언제든지 변한다. 입 밖으로 꺼내고 싶지 않았던 이야기를 한 번쯤 해보고 싶을 때가 온다. 그럴 때는 내가 변하듯, 내 글도 변할 수 있음을 기꺼이

쓰지 않을 자유

그러다 쏠 자유

받아들이자. 글은 완성된 결과물이나 완벽한 결론이 아니다. 글은 변할 수밖에 없는 내 생각과 마음을 아주 잠시 담아두는 그릇에 불과하다.

　우리가 쓰는 글은 완성체가 아니다. 글이 되어가는 과정이다. 마르틴 루터가 인생을 바라보는 마음도 이와 같다.

•

삶은 경건함이 아니라 경건해지는 것이다.
건강이 아니라 건강해지는 것이고,
있는 것이 아니라 되어가는 것이며,
안정이 아니라 훈련이다.
우리는 아직 우리가 아니라 우리가 되어가고 있다.
그것은 아직 행하지 않았거나 이루어지지 않았지만
진행 중이고 움직이고 있다.
끝이 아니고 길이다.
모든 것이 아직 타오르거나 빛나지 않지만
모든 것이 정화되고 있는 중이다.
—
마르틴 루터

어떤 이야기를 하거나 하지 않는다는 것, 어떤 글을 쓰거나 쓰지 않는다는 것은 자기 결정이다. 강박적일 필요는 없다. 무엇이든 써야 한다는 생각 대신, '나는 쓰지 않겠다'라고 말할 것. 그리고 시간이 지나 다시 쓰고 싶을 때는 그 마음을 겸허히 받아들일 것. 글은 내 생각의 완결편이 아니기 때문이다. 마르틴 루터의 말처럼 "진행 중이고 움직이고 있다. 끝이 아니고 길이다."

|

1

집에 있는 책 중에
에세이집을 한 권 고른다.

|

2

그 책 중에 한 편을 고른다.

|

3

주어와 서술어의 호응이 잘 맞는지
집중하면서 한 편을 천천히 읽어본다.

CHAPTER 3

당신의 불안을
줄여드립니다

•

눈을 감아라.
그러면 네 자신을 볼 수 있다.
—

새뮤얼 버틀러

할 수 있다는 말을 듣고 싶었나 보다

다시 예전으로
돌아가지 않기 위해

하루는 "나는 왜 쓰는가?"를 주제로 이
야기를 나누고 있었다. 20대 H씨가 좀 주저하다가 입을
열었다. 다음은 H씨와의 대화를 토대로 재구성하여 쓴 내
용이다.

"저한테는 너무 어려운 질문이에요. 전 다른 분들처럼
거창한 이유가 없어요. 어디서부터 이야기해야 할지 모르

겠어요. 음, 그냥 제 이야기를 해볼게요. 저는 가족이나 친구들 이야기를 잘 들어줘요. 제 생각에도 그렇고 남들도 그렇다고 해요. 그래서 가족이나 친구들이 걱정이나 고민이 생기면 저한테 얘기를 많이 해요. 그런데 그렇게 살다 보니까 어느 순간부터 감정 쓰레기통이 된 기분이 드는 거예요. 사람들이 자신의 감정을 밑바닥까지 저한테 다 보이는 게, 너무 힘들었어요."

H씨의 목소리가 조금 잠기더니 이야기가 다시 이어졌다.

"제가 왜 감정 쓰레기통이라는 기분이 들었냐 하면은요. 그들이 제 이야기는 안 들어준다는 걸 느끼면서부터예요. 제가 고민이나 힘든 일이 있어 어렵게 이야기를 꺼내면 대충 듣다가 또 자기들 이야기로 덮어버리는 식이었어요. 뭔가 잘못되었다는 생각이 들었어요. 그런 생각이 몇 번 드니까 사람들의 이야기를 들어주는 게 힘들고, 들으면서도 '내가 왜 이 사람의 짜증을 받아주어야 하지?' 그런 생각이 들더라고요."

H씨는 자신의 이야기가 길어지자 멈추고 이렇게 물었다.

"제 얘기가 너무 길죠? 죄송해요. 시간도 없는데……."

나는 그가 한 번쯤 자신의 이야기를 다 쏟아내 보는 게 좋겠다고 생각했다.

"아니에요. 조금 길어도 괜찮아요. 오늘은 저희가 들어 드릴게요."

"아, 네. 그래서 몇 시간씩 사람들 이야기를 들어주는 걸 안 하기 시작했어요. 제 딴에는 대단한 결정이었어요. 쉽지 않았거든요. 그게 다 인간관계잖아요. 친한 사이에서는 제 변화가 분명 느껴질 테고요. 하지만 제가 살아야겠더라고요. 서운해하는 사람도 있었고, 관계에 문제가 생겨서 힘든 일도 있었어요. 그래도 밀고 나갔어요. 저 자신을 위해서요. 제가 이야기를 잘 들어주고 잘 도와주는 게 좋아서 저를 좋아한 사람들이 저를 떠나도 할 수 없다고 생각했어요."

H씨의 이야기를 더 듣고 싶었지만 이제 "나는 왜 쓰는가?"로 들어가야 할 것 같았다. 발표할 사람이 뒤에 많이 남아있었기 때문이다.

"그래서 글을 쓰게 된 거예요?"

"예. 사람들 이야기를 듣는 게 힘들어질 때쯤 제가 마음 편히 말할 사람이 없다는 걸 깨달았어요. 사람들이 저한테 하는 말이 있거든요. '내가 너 아니면 누구한테 이런 이야기를 하냐?' 그런데 저는 정작 그런 사람이 없는 거예요. 그런 습관이 안 되어있던 것 같아요. 제 감정을 남한테 이야기하는 게 좀 어색하고 불편해요. 그래서 대신 글로 써보자고 생각했어요."

H씨는 그동안 자기감정을 핸드폰 메모장에 적거나 일기를 썼는데 이제 정식(?)으로 글을 쓰고 싶다고 했다. 정식으로 쓴다는 게 무엇인지 물었더니 한 편으로 완성해보고 싶다는 얘기였다.

"한동안 제 감정에 집중하면서 남들한테 못 하는 얘기를 쓰니까 속이 아주 시원했어요. 그런데 뭔가 자꾸 찜찜해지는 거예요. 감정이나 고민만 나열하니까 제가 더 못나 보이기도 하고요."

그 후, H씨는 8주 동안 글쓰기를 하면서 총 다섯 편을 완성했는데, 자신의 글은 공개하고 싶지 않다고 했다.

"저는 제가 돌변한 다음에 달라진 관계에 관해서 썼어요. 개인적인 이야기가 많이 있어서 공개는 어려울 것 같아요. 네 명과의 관계가 어떻게 바뀌었고 무슨 일이 있었는지 썼거든요. 물론 다 친한 사람들이에요. 가족도 있고요. 그리고 한 편은 저 자신과의 이야기예요."

"쓰고 나니까 어땠어요?"

"음…… 우선은 그 사람들 잘못이 아니라는 것을 알았어요. 제가 들어주니까 얘기한 것뿐이잖아요. 제가 도와준다니까 받아들인 것이고요. 물론 제 잘못도 아니에요. 글을 써보니까 서로를 잘 몰랐던 것 같아요. 제 원래 모습을 받아들인 사람도 있고 멀어진 관계도 있어요. 그렇지만 후회는 안 해요. 글을 쓰기 전에는 관계가 어긋나고 좀 혼란스러워서 그런 상황이 속상하고 힘들었는데 글을 쓰면서 나 자신을 위해 피할 수 없는 선택이었다는 것을 알았어요. 이번에 글을 쓰지 않았다면 저는 죄책감에 시달렸을 것 같아요. 그 사람들한테 미안해하다가 화가 나다가 서운해하고…… 울고, 뭐 그렇게 살았을 거예요. 그러다가 외로워서 예전으로 다시 돌아갔을지도 모르고요."

"일상에 변화 같은 것도 있어요?"

"이제 제가 저를 알았잖아요. 사람들의 이야기를 들어 주는 걸 좋아하지만 너무 깊이 들어가는 거는 힘들어한다는 것을요. 그래서 그게 누구든 옛날처럼 그렇게 안 들어요. 그리고 그런 대화 내용이 좀 부정적인 이야기가 많거든요. 저한테 뭐가 좋겠어요. 요즘은 적당히 듣는 연습을 해요. 또는 남이 부정적인 이야기를 하면 다른 이야기로 돌리기도 하고요. 리액션을 줄이기도 해요. 완벽하게 바뀐 건 아니에요. 어떨 때는 예전의 저로 돌아가기도 하거든요. 그렇지만 '아, 내가 이러면 안 되지' 하고 스스로에게 말을 해요. 그게 관계에도 더 좋더라고요."

H씨처럼 인간관계가 힘들어서 글을 쓰고 싶다는 분들이 있다. 주로 가족과의 불화, 친구나 지인과의 문제, 상사나 동료와의 마찰 등인데, 글의 내용을 보면 상대를 고치겠다거나 그들의 문제를 지적하는 내용이 주가 아니다. 관계를 개선하려는 것도 그들의 최종 목적은 아니다. 그들이 진심으로 바라는 것은 자기 생각과 감정을 들여다보는 일

이다. 그것을 쓰다 보면 상대를 미워하는 마음이 올라오기도 하고 자기 합리화에 빠지기도 하지만 그것들이 지나고 나면 보이는 것이 있다. 자기 자신이다. 자기 발견이다. 그러나 그것이 끝은 아니다. 그들은 자기 변화를 꿈꾼다.

사람은 누구나 자신의 모습이 지금 이 순간보다 조금이라도 나아지기를 바란다. 그러나 변화를 원하는 사람에게 글을 쓰면 달라질 수 있다고 말하기는 어렵다. 그것은 말로만 결심하는 것과 별반 다르지 않다. 단 한 번이라도 행동이 먼저 바뀌어야 한다. 아주 작은 변화, 찰나의 변화여도 괜찮다. 그런 다음에야 글쓰기가 할 일이 생긴다. 글쓰기는 그제야 삶의 아주 작은 변화 뒤에 오는 성취감과 기쁨, 흔들림과 불안, 때로 공포와 외로움을 돕는 지원군 역할을 시작한다.

H씨는 인간관계의 변화를 시작하면서 그 불안을 글로 썼다. 글과 행동의 순서가 바뀌었다면 그의 삶은 조금도 변하지 않았을 것이다. 글쓰기는 작은 변화가 불러온 불안을 뒤에서 받쳐주고 변화된 삶을 대변해주는 일을 성실히 해낸다. H씨는 그것을 해냈다. 그 든든한 지원군이 또

다른 나의 모습이라는 것을 그는 알고 있던 듯하다. 그것을 깨우는 이가 나 자신이라는 것도.

잘하지 못할까 봐 불안한 나에게

내 마음을
눈에 보이게 꺼내놓을 것

도서관에서 하는 아침 수업은 30~60대가 주를 이뤄서 20대가 들어오면 나는 그들에게 더 신경을 쓴다. 말도 더 많이 걸고 농담도 건넨다. 열 살 이상 많은 사람들과 이야기 소재가 달라서 혹시라도 재미를 느끼지 못하면 어쩌나, 중간에 포기하면 어쩌나 걱정이 되기 때문이다.

Y씨도 그런 사람 중 하나였다. 나는 반가운 마음에 첫

시간부터 그에게 노골적으로 관심을 보였다.

"○○님, 이 강의 어떻게 신청하게 되었어요?"

"지금 취업 준비하면서 아르바이트를 하고 있는데, 이 때 아니면 이런 기회가 없을 것 같아서 신청했어요."

"혹시 써보고 싶은 글 있어요?"

"예전부터 글을 써보고 싶었어요. 아직 쓰고 싶은 글은 구체적으로 없지만…… 자기소개서 쓰는 게 어렵긴 해요. 그걸 배우러 온 거는 아니지만요."

두어 달 뒤에 마지막 수업 날 그는 우리에게 좋은 소식을 전해왔다.

"저 취직했어요!"

사람들은 다 같이 환호성을 질렀다. 온라인 수업 중이었는데 모두 얼굴이 환해져 축하의 박수를 보냈다. Y씨는 그날따라 말을 길게 했다. 솔직히 이 사람이 이렇게 말을 잘하나 싶었다.

"저 사실 고민도 많고 자신감도 많이 떨어져 있었거든요. 취업 걱정도 되고 앞으로 어떻게 살아야 하나 생각이 많았어요. 그런데 여기 계신 샘들 이야기 들으며 도움이 많이 됐어요. 모르겠어요. 아직은 먼 이야기들인데 그래도 이런저런 이야기 듣는 게 넘 좋았어요. 이 시간이 저에게 힘을 준 것 같아요. 회사 가서 잘할 수 있을지 걱정이 되지만, 열심히 해보고 싶어요. 모두 감사드립니다."

그 클래스가 유독 각자의 이야기를 솔직하게 풀어내는 분위기였는데, 주로 듣기만 했던 Y씨에게 그것이 위로가 되었던 것이다. 인생 선배들의 다양한 사연을 구구절절한 넋두리로 듣지 않고 한 사람의 인생으로 받아들인 것 또한 Y씨의 힘일 것이다.

먹고사는 문제, 일이나 직업이라는 중차대한 문제를 두고 글쓰기 수업에 참여하는 사람은 Y씨뿐만이 아니다. 글은 삶과 긴밀하게 연결되어있고 삶에서 먹고사는 문제만큼 중요한 일은 없다.

무슨 일을 해야 할지 아직 잘 모르겠다는 사람, 해보고 싶은 일이 있는데 여건이 안 된다는 사람, 휴직을 마치고 회사에 복귀해야 하는데 잘할 수 있을지 고민이라는 사람, 어느 날 갑자기 공황장애가 와서 일을 그만두었다가 다시 회사로 돌아갈 날이 다가와서 불안하다는 사람, 육아에 너무 지치고 힘들어서 자기 일을 하고 싶은데, 막상 할 수 있는 게 없어서 괴롭다는 사람, 퇴직 이후의 삶이 걱정된다는 사람, 퇴직하고 새로운 일을 시작했는데 성과가 없다는 사람 등 대개 삶과 일에 대한 고민이다.

처음부터 이런 문제에 대해 글을 쓰고 싶어서 온 사람도 있지만, 주제를 찾다가 현재 자신의 삶과 가장 가까이 맞닿아있는 것을 발견하는 경우도 많다. 그들은 어떤 글을 쓰게 되었을까?

- "휴직을 마치고 복귀해야 하는데 일을 잘할 수 있을지 불안해요."

  ⇒ 내가 회사에서 잘했거나 성과가 있었던 일 정리하기

- "갑자기 공황장애가 와서 일을 그만두었는데 다시 회사로 돌아갈 날이 다가오니까 불안해요."

  ⇒ 공황장애가 온 그날부터 지금까지 일어난 일들 상세히 기록하기

- "육아에 너무 지치고 힘들어서 내 일을 하고 싶은데, 막

상 할 수 있는 일이 없어서 괴로워요."

⇒ 육아에서 어렵고 힘든 점 100문장 적기

- "퇴직을 앞두고 있는데 앞으로의 인생이 걱정돼요."

⇒ 퇴직 후에 해보고 싶었던 버킷 리스트 작성하기

- "퇴직하고 새로운 일을 시작했는데 성과가 없어요."

⇒ 새로운 일을 시작하게 된 계기와 준비 과정 쓰기

위와 같은 주제로 글을 쓴다고 문제가 다 해결되는 것
은 아니다. 그것은 본인들이 가장 잘 안다. 그럼에도 불구
하고 불안을 글로 쓰려는 사람들은 쓰고 나서 위안이 되
었다고 말한다. 그중에 인상 깊었던 말이 있다.

"글은 제가 쓰는 거잖아요. 글쓰기는 각자가 만드는 치
료제라고 생각해요. 물론 힘들 때 남들한테 도움을 받을
수도 있어요. 그런데 그건 한계가 있는 것 같아요. 제가 제
문제를 하나하나 살펴보아야 한다고 생각해요. 그런데 생
각만으로는 부족해요. 눈에 보이도록 수면 위로 끌어올려
보는 게 좋아요. 그게 글쓰기예요. 글쓰기는 저한테 명상

같아요. 불안할 때 내가 나를 치유하는 명상이요. 명상이 하루아침에 되지 않잖아요. 그래도 꾸준히 하면 한 번씩 선물 같은 순간이 오죠. 글쓰기도 그런 것 같아요."

1

공부, 일, 직장생활, 미래 등에서
느끼는 불안을
100문장으로 쓴다.

2

100문장을 다 쓴 뒤에
비슷한 것끼리 묶어본다.

3

묶음 중에서
스스로 해결할 수 있는 것을 골라
그 방법을 쓴다.

나쁜 감정이 쌓이고 해소되지 않을 때

글쓰기로 하는
자가 치유

언젠가 어떤 분에게 "일이든 사람이든 너무 많이 사랑하지 말라"는 말을 들은 적이 있다. 나보다 열 살 넘게 많은 분이 한 말이라 '나도 저 나이쯤 되면 저런 생각이 들겠지' 하는 마음이 들었다. 그러고는 '에너지 떨어지기 전에 더 열심히 해야지' 생각하면서 늘 하던 대로 열정을 다해 일했고 사람에게도 애정과 열성을 다했다. 그런데 시간이 한참 지나 몸과 마음이 지쳤을 무렵 거

짓말처럼 그분의 말씀이 다시 생각났다. 그 말은 나이와 상관없이 누구나 무엇을 하든 경계할 일 중 하나였다.

나는 그 무렵 번아웃(뭔가를 열정적으로 하던 사람이 몸과 마음의 에너지가 고갈되어 극심한 피로를 느끼거나 무기력에 빠지는 증상)을 겪고 있었다. 나는 열정을 다해 일하면서 알 수 없는 욕심에 시달렸고 그 때문에 일의 양은 점점 늘어나는 반면에 완성도는 점점 떨어지고 있었다. 그런 일을 몇 번 겪고 나니 그 재밌던 일에 흥미가 떨어지고 무기력이 찾아오는 등 악순환을 겪게 된 것이었다.

세계보건기구[WHO]에서 발표한 번아웃 증상은 다음과 같다고 한다.

- 에너지 고갈과 피로감
- 직장이나 업무 관련해 거부감이 들고, 부정적이고 냉소적인 생각 증가
- 업무에 대한 효율 감소

내가 가장 괴로웠던 것은 몰려드는 부정적인 생각이었

다. 그래서 생각해낸 것이 아침 일기였다. 일기를 쓰지 않은 지 10년이 넘었는데 어떻게 일기를 선택했는지는 지금도 의문이다. 그렇다고 그때 업무 외에 따로 글을 쓰고 있지도 않았다. 어쨌든 나에게 최후 수단은 '쓰기'였다.

방법은 간단했다. 회사에서 일을 시작하기 전 매일 아침 10분 동안 일기를 썼다. 회사에서 겪은 일 중 마음에 걸리는 일이 있으면 그 상황을 최대한 객관적으로 쓰려고 노력했다. 또는 억지로라도 사소한 것들을 나열하며 감사 일기를 쓰거나, 명언이나 좋은 글귀를 써놓고 초월자(?) 같은 마음을 내보기도 했다.

어떤 날은 있는 그대로 감정을 쏟아내고 남의 험담과 욕을 썼다. 내가 어떤 말이나 행동을 할 수밖에 없었던 이유나 핑계를 쓰고, 스스로 용기를 주는 말도 했다. 그렇게 몇 개월 동안 아침 일기를 계속해서 써 내려갔다.

지금 생각해보면 누가 알려준 것도 아닌데 혼자서 참 다양한 일기를 썼구나 싶다. 일기 이야기를 꺼낸 것은 이것이 특별한 능력이 아니라 누구나 그렇게 된다고 말하기 위해서다. 개인의 능력이나 관심사라기보다는 예술이나

창작의 형태들이 자가 치유로써 우리를 본능적으로 이끈다는 점이다.

　20대 중반에도 비슷한 일이 있었다. 힘든 일을 겪고 나서 방황하고 있을 때 어느 날 동생 방에 있던 건축물 스케치를 보게 되었다. 동생이 전공 과제물로 그렸다가 버리려고 내놓은 그림 뭉치였다. 나는 그것을 가져다가 며칠 동안 색을 칠했다. 나는 그림을 보통 못 그리는 게 아니라 거의 유치원 수준의 실력에다가, 관심도 별로 없었다. 훗날 그림 치료하는 분께 그때 그 일에 관해 물어보니 이렇게 말했다.

　"그때 색칠하시면서 자가 치료하신 거예요. 사람이 참 신기하죠?"

　글쓰기 수업에 오는 분 중에도 자가 치료를 하는 분이 많다. 그들은 내가 가르쳐주기도 전에 자신이 겪었던 어렵고 힘든 일을 쓸 거라고 말한다. 그중에서 가장 많은 비중을 차지하는 경우가 '어떤 일에 열정을 다해서 하다가 매우 지친 상태'의 사람들이다. 그분들이 쓰는 글을 보면 대략, 자신의 감정을 숨김없이 풀어낸 내용, 자신에게 일어난 일을 객관적으로 쓴 내용, 자신의 힘든 상황을 긍정적으로 보고 감사하는 내용, 타인에 대한 미움이나 원망을 쓴 내용, 자신을 응원하고 위로하는 내용으로 추려진다.

나는 사람들이 쓴 글과 과거에 내가 썼던 일기를 비교하면서 놀랐다. 그리고 전문가들이 말하는 글쓰기 치료의 유형을 살펴보면서 또 한 번 놀랐다. 모두 비슷비슷한 형태였기 때문이다. 이 세 가지를 모두 합해서 정리하면 다음과 같은 자가 치유 일기 쓰기를 해볼 수 있다.

① 마음에 감정이 쌓이고 해소가 안 될 때

자신의 감정이나 생각을 모두 쏟아낸다. 자신의 비도덕적이고 악한 그림자를 받아들이겠다는 마음으로 쓴다. 자기 검열을 하지 않기 위해 시간을 정해놓고 가능한 한 빠르게 쓰는 것이 중요하다.

② 마음속에 억울함이 올라올 때

자기 자신을 객관적으로 보고 자신과 거리를 두는 글쓰기다. 마음이 불편했거나 힘들었을 때 그렇게 이르게 된 이유를 스스로 찾아보는 것이다. 예를 들어 다른 사람의 말이나 행동을 자신이 어떻게 받아들이는가를 살펴보고 그 패턴을 찾아본다. '아, 나는 이런 것을 힘들어하는구나'라는 식의 패턴을 찾는 것이다. 단, 자신을 질책하거나 반성하지 않는다.

③ 남의 평가에 예민하고 눈치를 많이 볼 때

자신이 한 일이나 그 일의 결과에 스스로 의미를 붙이고 새롭게 재평가한다. 남들은 잘 모르는 자기만의 노고를 칭찬해주거나 그 일이 나에게 어떤 의미였는지 상세히 적는다.

④ 고정관념이나 좁은 사고에 갇혀있을 때

내가 고집하는 생각을 한 문장으로 쓴 뒤에, 그것 외에 관점을 달리 해서 3~5개의 문장을 써본다. 특정 사람에 대해 선입견이 있거나 관계가 안 좋을 때는 그 사람을 주어로 해서 30문장 이상을 써본다. 특정 개인의 이름이 아닌

관계나 호칭을 주어로 쓴다. (예) 가족, 친구, 지인, 동료, 상사, 후배 등

⑤ 내 편이 없고 혼자라는 생각이 들 때

자기 자신에게 부모, 선생, 치유자, 신이 되어 그 역할을 대신한다. 그 사람들의 목소리를 빌려 자신에게 편지를 쓴다. 또는 빈 의자 기법(제삼자 입장에서 의자에 자기 자신(내면)이나 타인이 앉아있다고 생각하고 대화하거나 하고 싶은 말을 해보는 심리치료 기법. 프릿츠 펄스라는 독일의 정신과 의사가 고안함.)을 이용해 자기 자신에게 따뜻하고 푸근하게 하고 싶은 말을 해준다.

우리 안에는 자기에게 꼭 맞는 자가 치유제가 있다. 그것을 믿고 몸과 마음에 귀를 기울여 그것이 가리키는 방향으로 가보자. 꼭 글쓰기가 아니어도 괜찮다. 다만, 근본적인 자기 변화를 꿈꾸고 있다면 한 번쯤 글쓰기도 시도해보기를.

나답게
쓰기

1
학업, 직장생활 등을 하면서
자주 지치거나 힘들 때
일기를 쓴다.

2
앞에 예시한 다섯 가지 중
자신에게 해당하는 상황의 글을 고른다.

3
매일 아침 10분, 10일 동안 쓴다.

내가 아니면 누가 나를 챙겨주나요

나를 대접해주는 방법

글쓰기 주제를 각자 찾았으면 좋겠다는 내 말에 20대 후반의 L씨가 물었다.

"강사님이 주제 주시는 거 아니에요? 저는 주제 주시는 거로 알고 왔는데요."

주제를 주는 것은 어렵지 않은데 혹시 써보고 싶은 주제가 있으면 그게 더 좋다고 말했더니 그가 금세 풀이 죽어 말했다.

"저 쓸 거 진짜 없는데. 남들처럼 긴 여행을 해본 경험도 없고 인생에서 뭔가 대단한 사건을 겪은 것도 아녜요. 그냥 지방 대학 나와서 작은 회사에 다니고 있어요. 가족 이야기도 특별한 게 없어요. 그저 그렇고 다 시시하게 살아요. 글에 쓸 만한 특별한 게 없어요."

"그래도 일주일만 생각해보시면 어떨까요?"

"아, 네. 근데 그때까지 못 찾으면 주제 주시는 거죠?"

L씨는 일주일 뒤에도 쓰고 싶은 주제를 못 찾았고 결국 내가 주는 주제로 글을 썼다. 그러나 '한 달 글쓰기'를 목표로 왔던 그는 10일도 못 채우고 슬그머니 글쓰기 반에서 사라졌다.

그 일이 있고 한참이 지난 어느 날 《어린이라는 세계》라는 책의 한 대목을 읽다가 L씨가 생각났다. 저자 김소영은 겨울이면 자신이 운영하는 독서교실에 오는 어린이들의 겉옷 시중을 들어준다고 한다. 시중을 받는 아이들이 어색해하고 불편해하면 저자는 이렇게 말한다.

"선생님이 이렇게 하는 건 네가 언젠가 좋은 곳에 갔을 때 자연스럽게 이런 대접을 받았으면 해서야."

나는 이 책을 읽으며 시골 학생들에게 좋은 옷을 입혀 교단에 나가 말하는 연습을 시켰던 한 선생님의 이야기가 떠올랐다. 아이들에게 왜 그런 걸 시키느냐고 물었더니 "좋은 옷을 입고 사람들 앞에서 말하는 경험을 미리 해보는 거예요. 작은 시골에 살면 그런 걸 해볼 기회가 별로 없어요. 저는 아이들이 자라서 그런 사람이 되기를 바라요. 그래서 연습을 시키는 거예요."

오래전에 본 방송이라 선생님의 말이 가물가물하지만, 요는 '그런 자리'에서 아이들이 당당하기를 바라는 선생님의 마음이었다.

지금 이 글을 쓰면서 생각나는 분이 또 있다. 아프리카와 인도 등의 빈민 지역 아이들과 합창단을 만들어 활동하는 성악가 김재창의 이야기다. 그와 합창단 아이들의 이야기를 다큐멘터리 영화로 만든 〈바나나 쏭의 기적〉에서 그는 합창하면서 다른 사람들에게 '환호'를 받아보는 경험이 중요하다면서 "아이들을 음악가로 만들자는 건 아닙니다. 음악은 하나의 좋은 수단이죠."라고 말했다.

김소영 선생님, 시골 학교 선생님, 김재창 선생님이 학생들에게 가르치고 싶었던 것은 무엇이었을까? 가르치고 싶었다기보다는 그들은 자신의 학생들이 커서 귀한 대접을 받기를 바랐다. 대접을 받아본 사람만이 자기 자신과 남을 대접할 줄 알고 또 그에 맞는 삶을 살기에, 자신들이 해줄 수 있는 선에서 학생들에게 미리 경험을 시키고 싶었던 것이다. 그 학생들은 훗날 대접받은 그 느낌을 잊지 않을 것이며 선생님들의 바람대로 살아갈 것이다. 적어도 그렇게 살려고 노력하지 않을까?

글쓰기 강좌에 와서 자기 인생은 너무 시시해서 쓸 게 없다고 하소연하던 L씨가 불현듯 생각났다. 앞에서 말한 선생님들처럼 하지 못한 아쉬움이 남은 것일까? 아니다. 나는 그에게 저런 선생님이 되어주기는 어렵다. 그 대신 어디선가 그가 이 글을 보고 있다면 이렇게 말해주고 싶다.

"당신이 쓰는 글을 최고로 대접해주세요."

VIP

나의 삶, 나의 글

글뿐이 아니다. 자기 자신을, 나의 삶을, 나의 이야기를 귀하게 대접해주어야 한다. 그것들은 잠시만 내버려 두어도 남루해지고 보잘것없어진다. 실제로는 그렇지 않은데 자기도 모르게 자꾸만 그렇게 보게 된다.

자신이 쓴 글을 대접해준다는 것은 자기 존중에서 나온다. 자기 생각과 마음을 대접한다는 뜻이다. 세 분의 선생님이 학생들에게 가르치고 싶었던 것도 자기 존중, 자신을 소중히 여기는 마음이었다.

글쓰기는 자기 자신을 좋은 곳에 올려다 놓는 일이다. 특별할 거 없고 시시한 삶일지라도 그 삶을 소중히 대접하는 일이다. 내 삶을 대접해주는 경험을 글쓰기를 통해 할 수 있다. 그 연습을 시켜줄 친절한 선생님은 그 누구도 아닌 나 자신이다. 글을 쓸 때 자기 자신에게 이렇게 말해주면 어떨까?

"글을 쓰고 있을 때 나는 내 삶을 대접한다."

나의 불안을 N개로 나눕니다

아주 작게
그리고 단단하게

하고 싶은 말은 많은데 입 밖으로 잘 나오지 않는 경험을 누구나 해봤을 것이다. 너무 놀랐거나 생각지도 못한 일 앞에서 그렇게 되기도 하고, 너무 기쁘고 행복한 순간에도 말이 잘 안 나온다. 하고 싶은 말은 너무 많은데 정리 안 된 많은 말이 한꺼번에 몰려서 나오려다 벌어지는 일들이다. 마치 도로 위 정체 구간에 서 있는 것 같다.

글을 쓸 때도 정체 구간을 만난다. 할 말이 많을 줄 알았는데 막상 쓰려고 하면 글이 더 이상 나가지 않을 때를 말한다. 이럴 때 어떻게 하면 좋을까? 쓸 말이 없다고 생각하지 말고 하고 싶은 말을 N개로 나눈다. 자신이 생각하는 주제가 커서 그것을 쪼개야 밖으로 나온다고 생각하면 된다. 그래야 한 편에 한 가지 주제만 쓸 수 있다. 글이 막연하고 장황해지는 것도 막을 수 있다.

예를 들어 '불안'을 주제로 글을 쓴다고 해보자. 이때 무작정 '불안'이라는 키워드로 글을 쓰려고 하지 말고 '어떤' 불안에 관해 쓸 것인지 주제를 구체화한 다음에 그것을 N개로 나눈다. 책으로 치면 차례와 비슷하다.

키워드 ⇒ 주제 ⇒ 제목 N개

키워드: 불안
주제: 직장생활에 대한 불안
1. 회사에서 실수할 때마다
2. 입사 때부터 시작된 상사의 차별
3. 나와 맞지 않는 일이 주어졌다!

4. 나보다 일 잘하는 얄미운 동료, K씨

5. 내가 아침이 싫은 진짜 이유

이와 같이 주제를 원하는 만큼 나누어서 한 편씩 완성해보는 것이다. 쓰다 보면 생각보다 할 말이 많아서 한 편에 다 쓰지 못할 때도 있다. 그럴 때는 여러 개의 주제를 한 편에 다 넣지 말고 새로 한 편을 써야 한다. '한 편에 한 개의 주제'는 글쓰기의 기본이다.

예를 들어 위에서 '1. 회사에서 실수할 때마다'에 대해 쓰다 보니 할 이야기가 많이 나오면 그것을 다시 N편으로 나눠서 글을 쓰면 된다. 다음과 같이 회사에서 겪은 실수 모음담을 여러 편으로 나눠서 쓴다.

주제: 회사에서 실수할 때마다 불안합니다

① 첫날부터 지각한 이유

② 헷갈리는 업계 용어, 강박증

③ 메일을 전 직원에게 보내다

④ 떨렸던 첫 프레젠테이션

⑤ 영어를 알아듣지 못해서 생긴 일

'키워드 ⇒ 주제 ⇒ 제목 N개'처럼 순차적으로 정리가 안 될 때는 "○○은 ○○○이다"처럼 키워드를 주어로 문장을 자유롭게 쓰거나, 떠오르는 질문을 30개 이상 쓴다. 그런 다음 그중에서 써보고 싶은 것을 골라서 한 편으로 완성해본다. 한 가지 주제로 모이지는 않지만 한 편 한 편의 완성도에는 문제가 없다.

- 불안은 나를 힘들게 한다.
- 불안은 나를 가만두지 않는다. ✔
- 불안은 구체적이지 않고 실체도 없다.
- 불안은 어디에서 오는 것일까?
- 나는 늘 불안과 같이 산다. ✔
- 사람마다 불안의 색깔이 다르다.
- 불안이 나쁘기만 한 것일까?
- 엄마의 불안, 불안도 유전일까? ✔
- 불안은 인간관계를 망친다. ✔
- 불안은 내게 준 선물이다. ✔
- 어릴 때부터 반복되는 나의 불안

＊여러 문장 중에서 할 말이 많은 것을 골라서, 그것을 주제로 글을 쓴다.

할 말을 N개로 나눈다는 것은 내가 쓸 수 있는 글, 쓰고 싶은 글을 내 앞에 펼쳐 보이는 과정이다. 내 이야기를 쪼개고 나누는 작업이다. 하나의 주제를 N개로 나누어 쓰면 글이 여러 편 쌓이고, 축적된 글들이 하나의 주제로 합쳐진다. 글은 쪼개면 쪼갤수록 단단해진다. 할 말을 나누어 쓰기 때문에 글의 밀도, 즉 사고의 깊이나 글의 논리력이 향상된다. 할 말을 나눈다는 것은 한 편에 하나의 메시지를 담겠다는 의지다. 이 의지를 토대로 글을 쓸 때는 무조건 나누기부터!

1

'불안'이라는 키워드를 생각해본다.

2

나에게는 어떤 불안이 있는지
큰 주제를 정한다.

3

위 주제를 N개로 나눠 제목을 정한다.

주제:

1

2

3

4

5

4

나눈 제목 중 하나를 골라 글을 쓴다.

CHAPTER 4

아프지 않고
단단한 나로 살아가기 위해

•

당신이 할 수 있거나 할 수 있다고 꿈꾸는
그 모든 일을 시작하라.
새로운 일을 시작하는 용기 속에
당신의 능력과 기적이 모두 숨어있다.
—

요한 볼프강 폰 괴테

작은 성취감을 계속 쌓아라

'한 편 완성하기'가
중요한 이유

무슨 일이든 시작은 비슷해도 그 끝(결과)은 사람마다 다르다. 그 끝을 다르게 하는 가장 큰 요인은 '지속성'이다. 누가 더 오래 꾸준히 하느냐의 싸움이다. 그러나 꾸준함이나 지속성은 만만하게 얻을 수 없다. 잘하든 못하든 하다 보면 누구나 겪게 되는 좌절감, 슬럼프, 결과에 대한 조급함을 극복하고 끝까지 해내는 이들의 비결은 무엇일까? '작은 성취'다. 작은 성취를 여러 번 경험해보아야 무엇이든 꾸준히 할 수 있는 힘이 생긴다. 고되고 힘들어도 다시 시작하는 힘은 이전에 느껴본 성취감에서 나온다.

글쓰기가 유행을 타고 책 쓰기부터 SNS 글쓰기, 함께 쓰기, 매일 쓰기, 다채로운 강좌와 플랫폼에 이르기까지 형태와 방식 면에서 다양해지고 있다. 그들의 공통된 목표는 단 하나, '어떻게 하면 글을 지속해서 쓸 수 있을까?'다. 그 지속성을 위해 퇴근 후 강좌를 듣고 글쓰기 책을 사서 열심히 읽는다. 낯선 사람들과 온라인 공간에 모여 서로의 글쓰기를 인증하고 응원하는 색다른 경험도 한다. 때로 비싼 비용을 지급하는 등 '쓰는 인생'을 위해 갖가지 방법을 동원한다.

특히 글쓰기 강좌나 모임에서는 '지속해서 쓰는 사람'이 '그렇지 못한 사람'을 가르친다. 글을 잘 쓰는 사람이 글을 못 쓰는 사람을 가르치는 게 아니다. 글쓰기 습관이 몸에 밴 사람이 그 습관을 갖고자 하는 사람을 독려한다. 그 둘의 차이는 크지 않다. 지속해서 글을 쓰는가, 그렇지 못하는가의 차이뿐이다. 즉, 누가 쓰기 성취감을 더 여러 번, 자주 느꼈는가의 차이다.

글쓰기를 지속하려면 쓰기의 성취감을 직접 느껴보아야 한다. 작은 성취감을 여러 번 맛보아야 남에게 의지하지 않고 자발적으로 글을 쓸 수 있다. 글의 성취감을 느끼려면 무엇부터 시작해야 할까? 한 편을 완성하는 데서 시작된다. '한 편 끝내기'가 글쓰기를 지속할 수 있는 유일한 방법이다.

글쓰기 수업 시간에 숙제 검사 차원으로 자신이 써온 글의 일부를 읽도록 하는데, 그때 사람들이 주로 하는 말이 있다.

"아직 완성 못 했어요."

"도입부만 겨우 썼어요."

"어떻게 끝내야 할지 모르겠어요."

이렇게 말하고 나중에라도 그 글을 끝까지 완성하는 사람도 있지만 그렇지 않은 경우가 더 많다. "글쓰기는 질보다 양이 먼저다"에서 '양'은 글의 길이가 짧든 길든 마지막 문장에 마침표를 찍은 것까지를 말한다. 시작만 했거나 거의 다 썼는데 마무리하지 못한 글은 포함되지 않는다. 그럼 자신에게 물어보자.

"나는 그동안 몇 편의 글을 완성해보았는가?"

만약 완성한 글이 다섯 편 이하라면 당장 이 책을 덮고 다섯 편을 쓰는 것이 더 도움이 된다. 글을 쓰지 않은 상태에서 글쓰기 책을 읽고 강의를 듣는 것은 아무런 효과도 의미도 없다. 쓰고 있다는 느낌과 정말 쓰는 것은 다르다. 적어도 다섯 편을 끝까지 완성해본 경험이 필요하다.

지금부터 시작하고자 한다면 우선 '글의 완성'을 목표로 해보자. 퇴고는 차치하고 일단 초고만 완성한다. 초고 완성을 위해 가장 신경 써야 할 부분은 도입부와 마무리, 그리고 이 둘의 연결이다. A4 두 장 내외의 글이라고 가정하면, 여기서 말하는 도입부란 글의 시작인 한두 문단, 마무리 부분은 마지막 한두 문단으로 볼 수 있다.

글을 크게 처음, 중간, 끝으로 나누어 볼 때, 사람들은 처음이나 끝보다 '중간' 부분을 잘 쓴다. 중심 내용에 대한 고민을 많이 했을 테고, 하고 싶은 이야기가 있어 시작하기 때문에 셋 중에 '중간'이 가장 낫다. 그러니 글의 완성도를 올리고 싶다면 '중간'만큼 처음과 끝부분도 고민해야 한다.

어떤 내용으로 글의 문을 열지는 상당히 중요하다. 글의 도입부에는 앞으로 전개될 내용의 작은 씨앗들이 박혀 있다. 그 씨앗들로 낌새를 보여줘야 한다. '나 이제부터 이 이야기 할 건데……'라고 냄새를 피우는 것이다.

글은 대부분 최신 뉴스나 트렌드, 누군가의 말, 어떤 개념의 정의, 자기 자신이나 다른 사람들의 일화, 영화나 책의 한 장면, 자신의 사유와 통찰, 감정, 전문가의 말이나 어떤 실험 결과, 실제 사건이나 역사 이야기 등으로 시작된다. 보일 듯 말 듯한 아리송한 시작도 있고, 너무나 분명하게 주제를 짚어놓는 시작도 있다. 도입의 분위기를 잘 잡으면 글의 '중간'으로 가는 길이 평탄하다.

도입부만큼 쓰기 어려운 것이 마무리 부분이다. 마무리의 역할은 보통 앞에서 한 말을 정리하고 확장하는 것이다. 여기서 '확장'이란 주제를 벗어나지 않은 선에서 한 걸음 더 가보는 것이다. 이 확장은 '도입부'와 관련이 깊다. 앞에서 던져놓은 씨앗들을 끝까지 책임지는 일이 마무리의 역할이다.

마지막 부분을 잘 쓰는 방법은 앞부분을 다시 읽어보는 것이다. 앞부분을 읽으면서 마지막을 어떻게 끝낼 것인지 방향을 정하거나 영감을 얻는다. 그 둘을 항시 긴밀하게 연결해야 한다. 도입부와 마무리가 대구를 이뤄도 좋고, 앞에서 던져놓은 질문을 뒤에서 받아주어도 된다. 도입부에서 주제라고 생각했던 것이 마지막으로 갈수록 달라지는 양상을 보인다면 도입부를 손보거나, 달라진 연결고리를 찾아 잘 붙여주고 다듬어야 한다. 이것은 퇴고가 아니라 초고 단계에서 해야 하는 일이다.

이렇게 글의 앞부분과 뒷부분, 그리고 그 둘의 연결성을 고려해서 초고를 완성한다면 초고로서 기본적인 조건은 갖춘 셈이다. 한 가지 더 추가하자면 제목을 붙여주는 것도 글의 완성도를 높여주는 작업이다. 제목 붙이는 것을 소홀하게 생각하는 나머지, 너무 추상적으로 또는 범위가 큰 제목을 붙이거나 아예 안 쓰기도 한다.

제목을 붙일 때는 자신이 그 글에서 가장 하고 싶었던 말을 매력적으로 고친다고 생각해보자. 글을 쓰기 전에 '내가 이 글에서 하고 싶은 말이 뭐지?'라는 물음에 답하는 문장을 하나 써넣고 시작하면 좋은데, 그것이 제목에 가장 가까운 문장이다. 또는 글 속에서도 제목을 찾을 수 있다. 자신이 쓴 글을 읽으면서 가장 마음에 드는 문장이나 주제가 잘 드러난 부분을 골라 밑줄을 긋는다. 밑줄을 그을 때는 문장 전체가 아니라 문장 일부분(구, 한 토막)에만 표시한다. 여러분의 글에는 생각보다 멋있는 부분이 많다. 그것을 알아보는 안목도 연습이 필요하다.

글쓰기를 계속하고 싶다면 성취감을 쌓아야 한다. 한 편을 완성해본 감정이나 기분을 직접 느껴야 한다. 남들이 말하는 감정이나 느낌은 백날 들어도 소용없다. 성취감은 어딘가에 글을 발표하고 책을 만드는 표면적인 목표에서 시작되지 않는다. 한 편의 글을 완성해서 내 컴퓨터의 저장목록에 올리는 작은 성취에서 비롯된다. 그 한 편에는 처음과 끝, 그리고 제목이 있어야 한다. 자, 오늘부터 1일이다!

나답게
쓰기

1

자신이 쓴 글 중에서
미완성한 글을 한 편 골라
도입부와 마무리 부분을 다시 쓴다.

2

도입부와 마무리 부분이
잘 연결되는지 살펴보고
이를 다듬는다.

3

제목이 없다면
제목을 붙인다.

조금이라도 나아갈 것

나는 나를 믿습니다

한 가지 주제에 대해 한 편을 쓰든, 한 권을 쓰든 같은 말을 반복해서 쓰는 습관을 경계해야 한다. 아무리 좋은 생각도 똑같은 말로 여러 번 하면 그 가치와 의미가 떨어지기 때문이다. 하고 싶은 말을 되도록 다양하게 표현하면서 그 밀도를 채우는 것은 꽤 어려운 일이다.

한번은 작가로부터 A4 100장이 넘는 원고를 받았는데 어찌나 비슷한 말이 많이 나오던지 퇴고를 하면 원고가 반밖에 남지 않을 것 같았다. 반복된 문장으로 채워진 원고는 결국 저자에게 되돌아갔다. 그러고는 저자와 두어 차례 대대적인 수정을 했지만 퇴고 내내 비슷한 내용이나 사례들, 반복되는 표현과 문장이 수도 없이 발견되었고, 인쇄 전까지 서로 애를 먹었다.

글에서 같은 말을 계속한다는 것은 세 가지 중 하나다. 첫 번째는 그 주제에 대해 그만큼의 분량을 소화할 준비가 안 되어있을 때다. 공부가 덜 되어 내놓을 게 없다는 뜻이다. 두 번째는 그 주제를 글로 써볼 기회가 부족했던 탓이다. 두 가지가 엇비슷해 보이지만 처음 것은 공부가 부족한 상태고, 두 번째는 글로 표현해본 경험이 부족한 상태다. 내놓을 것이 없는데 분량을 채우느라, 또는 내놓을 것은 많은데 글로 써본 적이 없어서 같은 말을 반복하는 것이다.

세 번째는 자기 자신을 믿지 못하는 경우다. 글쓰기는 자기만의 생각과 의견을 만들어가는 일이다. '나는 이렇게 생각한다', '나는 이렇게 보았다', '나는 여기에 이런 의미를 붙이고 싶다'는 식으로 자기 생각이 밖으로 드러난다. 그러나 '내가 쓴 게 맞는 생각인가', '엉뚱한 얘기를 꺼낸 건 아닌가', '그 일에 꼭 그 의미를 붙였어야 하나', '남들에게 공격받는 건 아닌가', '잘 모르는데 괜히 아는 척해서 망신당하는 건 아닌가' 하는 갖가지 걱정에 사로잡힌다. 이런 걱정과 의심에 빠지다 보면 자기 자신을 믿지 못하고 생각과 의견도 약해질 수밖에 없다. 그러면서 택하게 되는 것이 '반복'이다.

한번은 친구가 어떤 사람과 심각한 갈등 상황에 빠진 적이 있다. 친구는 상대의 어려움을 같이 고민하고 해결해주려다가 갈등이 생겼고 되레 원망하는 막말까지 들었다. 그런 일이 몇 번 반복되자 친구는 그 상대와 거리를 두어야겠다고 말했다. 나도 그러는 게 좋겠다고 했다. 그런데 그 친구는 '상대와 거리를 두어야겠다'는 말을 얼마간 여러 번 반복해서 말했다. 나에게 전달하는 게 목적이 아니라 스스로 다짐하는 듯이 말이다. 자기 마음이 약해져 또 어영부영 넘어가게 될까 봐 걱정되어 그렇게라도 못 박아 두려는 것 같았다.

그는 자기 마음을 믿지 못하는 것일까? 상대와의 관계에 변화가 생겼고 그 낯선 변화가 자기 안으로 아직 체화되지 못했기 때문이다. 나도 결심을 해놓고 불안해서 같은 말을 주문을 걸듯 반복하곤 한다. 그렇게 반복해서라도 그 생각이 무너지지 않기를 바라는 것이다.

글을 쓸 때도 똑같은 마음이 일어난다. 글은 생각을 정리하고 만들어가는 과정이므로 저자 입장에서도 그것에 대한 믿음이 아직은 약한 상태다. 그래서 같은 말을 반복하거나 엇비슷한 이야기를 나열하곤 한다. 아직 내 생각이 되지 못했다는 증거다. 달리 말하면 내 생각이 되어가는 중이기 때문에 그렇다.

심리학자 김경일이 한 방송에서 병원 노쇼[no show]에 대한 이야기를 한 적이 있다.

"우리나라에는 노쇼가 레스토랑에 많잖아요. 영국은 병원에 많다고 합니다. 레스토랑 노쇼도 문제지만 병원은 더 큰 문제잖아요. 남의 의료 기회를 박탈할 수 있으니까. 그런데 그걸 대폭으로 줄여준 방법이 예약할 때 간호사들이 종이에 써서 주지 않고 환자 본인이 직접 다음 약속을 쓰게 해서 가져가게 한 것이었어요. 그랬더니 노쇼가 줄었다고 합니다."

그 이유는 '자신의 손끝으로 쓴' 정보이기에 입력이 더 많이(확실하게) 되는 거라고 설명했다. 본인이 직접 썼다는 이유만으로 의지가 생기고 뇌까지 속일 수 있다는 말이었다.

글을 쓸 때 나 자신을 믿지 못하고 이리저리 흔들리다가 같은 말을 반복한다고 해도, 스스로 쓰는 행위에는 주체성이 수반된다. 그렇기에 미완성된 느낌이 있을지라도 그것을 믿고 가보아야 한다.

글을 쓸 때 같은 말이 반복되는 것을 조금이라도 막기 위해서는 어떻게 해야 할까?

첫째, 공부가 부족한 경우는 공부하는 수밖에 방법이 없다. 쓰고자 하는 주제에 대해 읽고 말하고 보는 모든 행위가 공부다. 공부한 것을 바탕으로 생각하고 고민하는 시간도 필요하다. 결국 시간을 들여야 한다는 뜻이다. 시간을 들여 공부하고 생각하고 경험하면 그만큼 쓸 거리가 생긴다. 쓸 거리가 늘어나면 똑같은 말을 쓸 겨를이 없다.

둘째, 글로 표현하고 확장해보는 경험이 부족해서 같은 말을 반복하는 경우는 글쓰기 양을 늘려야 한다. 예를 들어 '다른 사람의 평가는 중요하지 않다'라는 주제로 글을 쓴다고 해보자. 그 주제에 도달하기까지 다양한 징검다리를 놓아보아야 한다. 돌의 크기와 무게, 색깔과 생김새가 다양할수록 주제에 도달하는 길이 매끄럽고 자연스러워진다. 그 징검다리는 되도록 촘촘해야 하며 방향도 같아야 한다. 주제까지 가는데 듬성듬성 비슷한 돌만 놓은 글은 지루하고 매력도 떨어진다. 하고 싶은 말을 다양하게 표현하는 것은 내 생각을 잘 전달하기 위한 기본적인 노력이다.

셋째, 자기 생각을 믿지 못해서 같은 말을 반복해서 쓴다면 어떻게 해야 할까? 믿지 못하는 마음을 당연하게 받아들여야 한다. 생각을 만들어가는 과정에서 자기 생각에 자신 있는 사람이 몇이나 될까? 그러나 글에서는 그 불안을 드러내면 안 된다. 반복해서 써야 그것이 진짜 내 생각처럼 느껴질지라도 최종 선택은 '삭제'와 '절제'여야 한다.

글쓰기에서 반복만은 피하자. 반복은 생각을 제자리걸음으로 만든다. 글을 쓰는 이유는 지금 자리에서 조금이라도 앞으로 나아가기 위해서니까.

글을 쓸 때 같은 말을 반복하는 이유 중에서
자신에게 해당하는 것을 골라보자.

1

주제에 대해
깊이 생각해본 적이 없다.

2

글로 표현해본
경험이 별로 없다.

3

내 생각이나 의견에 대한
믿음이 없다.

글이 나를 움직이게 한다

놀라운 변화의 시작

많이 배웠거나 글을 잘 쓰는 사람을 가리키는 말 중에 '먹물'이 있다. '먹물 먹은 사람'이라는 관용적 표현으로 쓰이는데, 본래 의미 그대로 똑똑한 사람을 뜻하기도 하고 공부밖에 모르는 사람을 낮잡아 쓰기도 한다. 이와 비슷한 말이 몇 개 더 있다. 책 읽는 것만 좋아해서 세상 물정에 어두운 사람을 가리키는 '간서치'가 그것이다. '백면서생' 역시 희고 고운 얼굴에 글만 읽는 사람을 일컫는 말로, 세상일을 잘 모르는 애송이나 풋내기를 뜻한다. 그 밖에도 책상 앞에서 공부만 하는 사람을 가리키는 '책상물림', 허황하고 현실과 맞지 않는 이론만 늘어놓는 일을 뜻하는 '탁상공론'도 머리로만 아는 지식인을 얕잡아 쓰는 말이다.

이런 말들은 머리로만 아는 것, 책 보고 글만 쓰면서 아무런 변화도 꾀하지 않는 것을 경계하라는 의미에서 나왔을 것이다. 옛사람들도 인간이 글로만 살 수 없다는 것을 알고 있었을 테니 말이다. 책을 읽고 글을 쓰면서 사람이 가는 길은 여러 갈래다. 그중에서 가장 좋지 않은 길은 어떤 것일까?

책을 읽고 글을 쓰다 보면 그것만도 벅차게 느껴지고 서서히 현실이나 경험에서 멀어지고 싶은 유혹이 든다. 공부는 끝이 없고 할수록 어려워지므로 자기도 모르게 깊이 더 빠져들고 그 속에서 안온감마저 느낀다. 자기만의 왕국을 만들면서 자만과 허영에 물들고, 그러다 보면 이 세상과 사람들의 모습이 뭔지 모르게 비루하고 하찮게 느껴진다. 더 큰 위험은 자기 자신을 이렇게밖에 설명할 줄 모르게 된다는 데 있다.

"나는 그것에 대해 많이 알고 있다, 나는 어떤 점수가 높은 사람이다, 나는 어려운 시험에 통과했다, 나는 그 대학을 졸업한 사람이다, 나는 이 분야의 권위자다, 나는 이것을 오랫동안 공부해왔다."

자신을 설명할 방법이 무슨무슨 책을 읽고 어떤 글을 썼다든지, 뭔가를 많이 알고 오래 공부했다는 것뿐인 삶을 상상해보자. 그것은 암흑이다. 책을 읽고 글을 쓰면서 이 암흑을 만나지 않으려면 어떻게 해야 할까?

내 직업이 책을 만드는 일이다 보니 자연히 인생 자체가 책과 글인 사람이 주변에 많다. 글만 쓰는 먹물, 책만 보는 간서치, 얼굴은 물론이고 손까지 고운 백면서생과 책상 앞에서 모든 것을 해결하려는 책상물림도 있다. 그런 사람만 있는 것은 아니다. 먹물 먹은 행동파, 책에서 배운 것을 실천하는 간서치도 있고, 얼굴은 검지만 마음만은 깨끗한 백면서생과 책상이 아닌 세상 바깥에서 글을 쓰는 사람도 있다. 전자와 후자의 차이는 딱 하나다. 그들의 공부가 지식을 향하는가, '나'를 향하는가다.

우리가 좋아하고 존경하는 이들은 앎을 삶의 형태로 바꾸는 사람들, 머리와 입이 아닌 손과 발로 살아내는 사람들이다. 책을 읽고 글을 쓰는 삶, 공부하는 삶, 머리를 채우는 삶이 저 암흑으로 가지 않으려면 그 길은 언제나 '나'를 향해야 한다. 책을 읽고 글을 쓰면서 '나'를 만나지 않으면 겸손해질 수 없고 '글자'에 빠져 자기 자신과 멀어지는 삶을 살게 된다. 독서와 글쓰기 자체를 목적으로 삼지 말고, 나를 알아가는 과정의 하나로 여긴다면 '글자'에 속지 않을 수 있다.

암흑을 피하는 두 번째 방법은 책이나 글을 읽고 반드시 몸을 움직여야 한다는 점이다. 여기서는 "에게, 겨우 그거?"라고 할 정도로 작게 움직이는 것이 핵심이다.

시인 릴케는 어느 날 얼굴 모르는 한 청년(프란츠 카푸스)에게 편지를 받았다. 릴케는 얼마 뒤 청년에게 답장을 보냈고 그것을 시작으로 둘은 5년간 편지를 주고받았다. 시를 쓰고 싶었던 카푸스는 선배 시인에게 자신의 시가 어떤지, 계속 써도 될지 물었고 이에 릴케는 선배이자 친구로서 애정 어린 답장을 보냈다.

한편 작가 괴테의 한 친구는 괴테가 사랑의 상처로 건강까지 잃고 한동안 병상에 누워있었을 때 매일 찾아가 그의 머리맡에서 같은 시를 스물한 번이나 읽어주었다고 한다. 그 덕분인지 괴테가 아픔을 털고 일어났다는 이야기도 전해진다.

시인이 되고 싶은 낯모르는 청년에게 편지를 보내고, 친구가 아플 때 머리맡에서 시를 읽어주는 일처럼 우리도 책과 글로 무슨 일이든 할 수 있다. 가령, 기자 일을 그만두고 농부가 된 내 친구는 나이 많은 동네 아주머니에게 책을 선물해 이제는 그분과 책 이야기를 나누는 사이가 되었다며 기뻐했다. 글쓰기 강좌에서 만난 70대 남성은 책을 열심히 읽고 정리해서 나중에 손자에게 선물하고 싶다고 했고, 한 여성은 동네 작은 도서관에서 자원봉사를 하겠다 했다. 아이들에게 책을 읽어주고 싶어 그 과정에 도전 중이라는 분도 있었다.

나도 그들과 함께 작은 일을 해나가고 있다. 학교 밖 친구들에게 국어 검정고시나 글쓰기 가르치기, 부모님 동네에 사는 할머님의 한글 공부 소식에 그림책 선물하기, 사랑하는 친구의 딸과 2인 책 모임 하기 등 내가 할 수 있는 일을 찾아본다. 우리가 따로 또 같이하는 이 모든 일은 의도하지 않아도 언젠가 글이 되어 우리를 다시 찾아온다.

그렇다고 꼭 다른 사람을 위해 움직일 필요는 없다. 책을 읽고 글을 쓰며 나를 위해 행동하고 변하는 것이 먼저다. 한 여성은 자신이 마라톤을 너무 좋아했는데 요즘 권태기에 빠진 것 같다고 했다. 그녀의 글쓰기 주제는 '마라톤'이었고 차례를 보니 권태기에 대한 내용도 있었다. 마라톤에 대해 글을 쓴 지 6주쯤 지났을까? 그녀가 밝은 목소리로 말했다.

"저 마라톤 다시 시작했어요!"

그 말을 들은 다른 수강생들은 약속이나 한 듯 다 같이 박수를 쳐주었다. 부모님 병간호에 지쳤던 50대 여성은 어느 책의 한 문장 때문에 다시 일어설 수 있었다고 했고, 자녀에게 글쓰기를 가르칠 목적으로 글을 쓰겠다던 분은 몇 주 후에 아이가 아닌 자신을 위해 쓰고 싶다고 눈물 섞인 고백을 했다.

독서와 글쓰기를 통해 몸을 움직일 수 있는 나만의 작은 계획을 세워보자. 그 계획들은 읽기와 쓰기가 나 자신을 향할 때 나온다. 나를 보기 위해 읽고 나를 알기 위해 써야 진짜 공부하는 사람이 될 수 있다. '나'와 마주하며 읽고 쓰면서 몸을 움직여 작은 일들을 하나씩 성취해보는 것, 그 중심에는 '변화'가 있다. 그 변화를 통해 또 다른 읽기와 쓰기가 시작된다. 오늘도 글이 나를 움직이게 한다.

1

책을 읽거나 글을 쓰면서
'나'를 위해 한 일(행동)은 무엇인가요?

2

책을 읽거나 글을 쓰면서
'남'을 위해 한 일(행동)은 무엇인가요?

3

책을 읽거나 글을 쓰면서
일어난
나의 작은 변화는 무엇인가요?

인생의 신호등이 모두 파란불일 때는 없지

나와 세상은
단순하지 않다

"나가 니한테 별 이야기를 다 한다."

얼마 전 허리 수술을 하시고 우리 집에 며칠 계셨던 시어머님의 말이다. 우리는 수술부터 퇴원까지 열흘 동안 하루 평균 3시간 이상씩 이야기를 나눴다. 어머니의 젊은 시절과 남편의 어린 시절, 그리고 어머니 주변 사람들의 일화가 다채롭게 펼쳐졌다. 더러 몇 번 들은 이야기도 있었지만 나는 어머니 옆에 누워서 옛날이야기를 듣는 손녀처럼 까르르 웃으며 장단을 맞췄다. 그녀는 타고난 입담꾼이었다.

그중에 남편의 어린 시절 이야기는 언제 들어도 좋다. 중학교 때 일 나간 동네 아주머니를 대신해 아이를 업고 학교에 간 남편의 일화는 어쩐지 신기하기까지 하다. 시골에서 공부를 잘했던 남편은 방학 때 친구들에게 수학을 가르치라는 담임 선생님의 특명을 받았는데, 글쎄 그 자리에 옆집 아이를 업고 간 것이다. 까까머리 남학생이 갓난아이를 업고 친구들에게 수학을 가르치는 광경에 자꾸만 미소가 지어지는 이유는 그로부터 30년이 지나 나와 사는 남편의 성정이 그때와 별반 다르지 않기 때문이다. 얼핏 투박해 보이지만 누구보다 따뜻하고, 이상하리만치 타인의 시선을 신경 쓰지 않는 면이 그의 과거에도 있었음을 안다는 것은 그를 이해할 단서를 얻는 일이기 때문이다.

그건 남편뿐만이 아니었다. 어머니 형제와 친척, 친구와 이웃에 이르기까지 그들이 살아온 이야기를 듣는 것은 나로서는 잘 모르는 이들의 일면을 만나는 일이었다. 그러나 일 년에 몇 번 만나 인사에 가까운 대화만 나누는, 나와는 별 상관없는 사람들의 몇 가지 에피소드를 듣는다고 내가 그들을 얼마나 이해할 수 있을까. 그보다 내게 중요한 것은 그들과의 추억을 꺼내며 즐거워하고 슬퍼하는 어머니의 마음을 헤아리는 일일 것이다.

어떤 사람을 완벽하게 이해할 수 있을까? 나는 태어나 누군가를 온전히 이해해본 적이 없다. 반대로 누군가로부터 완벽하게 이해받아본 적도 없다. 이 글을 읽고 있는 여러분도 마찬가지일 것이다. 한 사람의 이야기는 타인으로부터 완벽하게 이해받지 못한다. 그런데 거기에서 고유성이 나오는 것이 아닐까? 고유성은 누구를 만날지도, 어떤 위기와 행운이 들이닥칠지도, 또 어디로 향할지도 모르는 한 개인의 이야기 끝에서만 나온다. 주인공이 한 걸음 한 걸음 가보아야 알 수 있는 찰나다. 그 순간을 이해한다는 것은 어려운 일이다.

어떤 사람을 알기 위해서는 그 사람의 수많은 찰나를 기억해야 한다. 그렇다고 그 사람을 다 이해하지 못하겠지만 그 노력은 값지다. 찰나를 알려는 노력만이 한 사람을 단순화시키지 않을 수 있다. 내가 다 안다고 할 수 없는 타인의 이야기 조각들을 모으는 일도 그들의 찰나를 기억하는 일이다.

한 번은 강의 시간에 어느 작가의 글을 소개한 적이 있다. 일부를 읽고 나서 특별히 마음에 와닿는 부분을 서로 나눠보자고 했다. 그때 한 분이 이렇게 말했다.

"저는 이 사람 별로 안 좋아합니다. 그래서 그런지 글도 눈에 잘 안 들어오네요."

자신에 찬 그의 말투에 다 같이 웃으며 어물쩍 넘겼지만, 그 모습에서 왠지 내가 보이는 것 같아 마음 한편이 씁쓸했다. 어떤 사람이나 상황을 몇 가지 단서로 서둘러 단정하고 단순화해버린 일들 때문이었다. 때로는 빠른 상황 판단이나 신속함, 똑 부러짐으로 포장되어 내 장점이 되기도 했지만, 그러면서 나는 많은 것을 놓치고 살았다.

나는 무엇에 쫓기느라 그렇게 빨리 단정하면서 살아왔을까? 서둘러 판단하는 것이 복잡하게 생각하고 판단을 보류하기보다 쉬웠기 때문이었을 것이다. 그렇다 보니 천천히 생각하지 못하고 무엇이든 단순화해 빨리 결정하는 습관이 생긴 것이다. 생각에 시간을 들이는 일은 힘들고 어렵다. 그래서 빨리빨리 판단하고 다음 일로 넘어가고 싶어 한다. 품고 있기에 버거울 때면 어서 놓여나고 싶어 그 마음을 외면하기도 한다. 그러나 직면하지 못하는 마음들은 사라지지 않고 내 몸속 구석을 배회하다가 어느 날 어떤 방식으로든 폭발하듯 드러난다.

글을 쓰는 이유는 단순해지지 않기 위해서다. 글을 쓰면 단순해지기가 더 어렵다. 한두 가지 아는 거로 단정해버리기에 우리 앞에 놓인 여백이 너무 넓다. 그 이상을 찾으려면 시간을 들여야 한다. 나에 관해 쓴다면 나 자신을 위해, 다른 사람과 이 세상에 관해 쓴다면 그들을 위해 시간을 들여야 한다. 그런 시간이 나를 느리게 만든다. 빨리 판단해버리고 싶은 나의 소맷자락을 잡아당긴다.

나에게 수만 가지 이유와 사연이 있는 것처럼 타인과 이 세상도 마찬가지다. 섣부른 판단을 보류하고 글로써 가보는 길, 그 길에 쓰는 시간만이 완벽한 이해가 없는 이 세상을 살아가는 지혜다. 뭔가를 빨리 판단하고 단정해버리고 싶을 때, 그냥 넘어가고 무시하고 싶은 그때가 글을 쓸 적기다.

다음 중 써보고 싶은 주제를 한 가지 골라 글을 쓴다.

1

오랫동안 자신이 갖고 있는 고정관념

2

판단을 보류하고 싶은 사람이나 상황

3

도저히 이해할 수 없는 사람이나 상황

내 이야기에 말 걸어주는 사람들

같이 쏜다는 것

대학 시절 전공 시간이 되면 각자 써온 시를 낭송하고 교수와 친구들의 평을 듣곤 했다. 교수의 평도 신경이 쓰였지만 유독 친구들의 말이 그날의 기분을 좌우할 정도로 더 마음이 쓰였다. 우리는 수업이 끝나고도 학교 밖 계단이나 카페에 앉아 서로의 글에 관해 이야기를 나눴다. 자신의 글이 어떠냐고 계속 물으면서 말이다. 그렇게 친구들의 의견에 따라 그 자리에서 글을 고치

기도 하고, 반대로 친구의 글에 허세 섞인 훈수를 두기도
했다.

우리는 글을 낭송하고 서로 평하고 함께 고치는 이 과
정을 '합평'이라 불렀다. 그때만큼 남의 글을 진지하게 읽
었던 적이 있었을까 싶을 정도로 우리는 서로의 글에 조
금쯤 취해있었다. 그 안에는 각자의 꿈과 목표도 있었겠
지만 함께 쓰는 우정의 마음이 크게 자리 잡고 있었다. 동
그랗게 둘러앉아 내 시를 낭송하고 그것을 들어주는 사람
들이 있다는 것, 그리고 친구의 시를 이해해보려고 애쓰
는 일은 진기한 경험이었다. 그때는 몰랐지만 친구의 '글'
을 읽을 수 있다는 것은 큰 축복이었다.

글쓰기 수업에 낭송 시간을 만든 것도 그 영향이었다.
낭송 시간에는 일주일 동안 자신이 쓴 글 일부를 소리 내
어 읽는다. 마음에 드는 문장, 자신이 봐도 잘 쓴 것 같은
문장을 읽으라고 주문하면 처음에는 다들 그런 거 없다며
쑥스러워하지만, 곧 정성을 다해 소리 내서 읽는다.

보통 다섯 줄 정도로 기준을 정해놓지만 한 편을 다 읽

는 사람도 있고 딱 한 줄만 읽는 사람도 있다. 바빠서 못 썼다고 미안한 표정을 짓는 사람, 읽은 책을 소개하는 사람도 있다. 어디를 읽으면 좋을까 한참을 고민하는 사람도 있고, 낭송을 부러 피하는 사람도 있다. 얼마를 읽든 낭송 시간의 백미는 서로의 글을 듣는 표정이다.

사람들은 서로의 글을 진심으로 음미한다. 함께 글을 쓰는 글벗으로서 보이지 않는 손을 잡고 있는 듯하다. 서로에 대해 아는 것이라곤 이름뿐이지만 서로의 글에는 무작정 너그럽다. 다른 사람의 글을 들으며 슬며시 웃기도 하고 안타까워하기도 한다. 낭송하는 사람이 울면 다들 어쩔 줄 몰라 한다. 그럴 때 온라인 수업에서는 채팅창에 응원 글이 올라온다. 그러면 눈물을 흘리던 분이 "죄송해요. 갑자기 제가 왜 이러는지 모르겠어요." 하며 분위기를 다독인다. 우스꽝스러운 내용이 나오면 같이 깔깔 웃고, 감동에 못 이겨 두 손을 모으거나 입술을 앞으로 쭉 내밀기도 한다. 엄지를 들어 잘했다고 칭찬하고 마음에서 우러나오는 박수를 쳐주기도 한다.

강사인 내가 대표로 소회를 덧붙이지만 사실 함께하는

사람들 모두 나름의 소감을 밝힌 셈이다. 글을 낭송하는 사람은 자신의 글에 몸과 마음을 기울여주는 사람들 덕분에 스스로 흐뭇해한다. 잘 모르는 사람들과 글벗이 된다는 것, 그래서 아무에게도 하지 못한 자신의 이야기를 담담하게 읽어 내려갈 수 있는 것은 글쓰기가 주는 연대의 힘이다.

나는 처음에 20대부터 70대까지 다양한 연령층이 함께하는 글쓰기 수업이 무척 부담스러웠다. 하루는 이런 고민을 남편에게 털어놓았다.

"이번에 맡은 반이 20대부터 70대까지 모든 연령이 다 있어. 어디에 초점을 맞춰서 수업해야 할까? 아, 정말 자신 없다."

"음, 그 수업에서 40대는 자기 부모님 이야기를 들을 수 있고 70대는 자식 이야기를 들을 수 있지 않을까? 그럼 집에 있는 부모님이나 자식들이 달리 보일 것 같아. 네 수업이 그런 소통의 장이라고 가볍게 생각하면 어때?"

나는 그의 말을 들으며 무릎을 쳤고 그 마음으로 수업에

임했다. 과연 그의 말이 옳았다. 어떤 소재로 이야기하고 실습해도 다른 수업에서는 접할 수 없는 이야기들이 쏟아져 나왔다. 그것들을 흘려버리기 아까워서 모임마다 웹상에 글쓰기 방을 만들어 그곳에서 글을 공유하기도 했다.

한번은 30대 여성이 짧은 에세이를 썼다. 제목은 〈포근한 엄마 품〉으로 어린 시절 엄마를 안았을 때 느낌을 쓴 글이었다. 엄마와 꼭 끌어안고 있는 사진도 첨부되어있어 글벗들의 '좋아요'와 댓글을 많이 받았는데, 거기에 유독 마음이 뭉클해지는 댓글이 보였다. 60대 후반의 남성이 쓴 댓글이었다.

"할아버지가 된 나도 엄마 품이 그립습니다."

나는 이 댓글을 읽으며 함께 쓰기의 따뜻함을 깊이 느꼈다. 나이와 성별, 하는 일을 뛰어넘는 공감대, 그것도 '글'이라는 우아하고 지적인 매개로 그리할 수 있다는 데 어떤 희망 같은 게 보였달까? 그 온기는 생면부지 모르는 사람들의 이야기를 들으며 보내는 무언의 응원, 부모-자녀 세대가 한 교실에 앉아 서로의 속마음을 기꺼이 열어

보이는 마음을 넘어, 자신의 글이 누군가에게는 큰 위로와 영감이 되어준다는 자부심, 그리고 그 글쓰기를 계속해야 하는 이유가 그 누구도 아닌 자기 자신을 위한 일임을 알도록 한다.

글은 혼자 써도 되고 같이 써도 된다. 그런데 기회가 된다면 함께 쓰기를 해보면 좋겠다. 함께 쓰기에는 글의 우정이 있다. 그 우정은 영원하지도 않고 의리도 없다. 그러나 우리 이야기를 더 튼튼하고 의미 있게 해준다. 내가 혼자 설 수 있도록 도와준다. 혼자라고 느낄 때 다정하게 말을 걸어주기도 한다. 혼자서 글을 쓰다가 외로울 때는 어딘가에 있을 당신의 글벗을 찾아가기를…….

나답게
쓰기

사람들과 글을 같이 쓰는 방법

※ 다음 방법에 너무 의존하지는 말자. 우리의 궁극적 목적은 쓰기 독립이다.

1

블로그나 카페 등의 SNS, 또는 쓰기 플랫폼을 이용해
글을 쓰면서 사람들과 직접 소통한다.

2

온라인 글쓰기 프로그램에 참여한다.
리더나 강사를 중심으로 열댓 명의 사람들이 메신저에 모여
서로의 글쓰기를 독려하고 인증하는 모임이다.

3

지인들과 온라인 글쓰기 모임을 만들어 서로의 글을 공유한다.
세 명 이상이 적당하며, 카톡이나 밴드를 이용한다.
각자의 블로그에 글을 쓰고 링크로 공유해도 된다.

4

지역 도서관이나 각종 교육 센터 등에서 진행하는
글쓰기 수업을 통해 함께 쓰기를 체험해본다.

CHAPTER 5

글을 쓰면서
최고의 나를 만나게 되었다

•

당신은 바로 자기 자신의 창조자다.

—

데일 카네기

진짜 하고 싶은 말을 찾아라

진심의 한 줄

사람들과 대화하다 보면 나의 본심을 의심하게 될 때가 있다. 이러고 싶다가도 저러고 싶고, 이런 마음이었다가 저런 마음이 된다. 나뿐만이 아니라 상대도 마찬가지다. 서로의 본심이 여러 개인 이상 그 대화는 자꾸만 어긋나고, 웃으며 헤어져도 결국 찜찜한 기분을 떨칠 수 없다. 서로의 욕망이 다 채워지지 않았기 때문이다. 그럴 때는 방법이 하나 있다. 내 본심을 한 가지로 줄이는 것이다. 마음을 줄이라……?

그 본심을 막무가내로 줄여 자신의 마음을 억지로 정하면 본심이 여러 개일 때와 다를 바가 없다. 내가 진짜 원하는 것을 알아내야 한다. 깊은 곳의 내 마음 말이다. 진짜 하고 싶은 말! 글쓰기도 '내가 하고 싶은 말'을 찾아가는 과정이다. 이 말도 하고 싶고, 저 말도 하고 싶은 것을 꾹 참고, 진심의 '한 줄'을 향해 가보는 일이다.

어떤 글이 좋고 나쁘다고 평가할 수는 없지만, 그 기준을 굳이 한 가지 꼽자면 '자신이 하고 싶은 말을 본인이 알고 있는가'다. '하고 싶은 말'은 글의 주제다. 적어도 내 글을 읽는 사람들이 '이 사람 이 말을 하고 있네.'라고 생각할 정도만 되어도 훌륭한 글이다. 누군가에게 읽히지 않아도, 그것을 전제로 글을 써야 한다. 그 글의 첫 번째 독자인 나 자신을 위해서다. 그렇기 때문에 글에 쓰는 모든 것은 그 '한 줄'로 향해야 한다.

서로 본심을 여러 개 가지고 대화하다 보면 더 나가지 못하고 제자리에서만 빙빙 돌게 된다. 본심이 여러 개인 상태에서 상대방의 말을 들으면 그것을 왜곡하기 쉽고 알게 모르게 오해도 쌓인다. 글을 쓸 때도 하고 싶은 말을 너무 많이 담으면 어느 것 하나도 제대로 담지 못한다. 물론 글을 쓰는 과정에서 본심을 찾을 수도 있다. 본심이 여러 개 있는 글이라도 자세히 읽어보면 그 사람이 진짜 하고 싶은 말 하나는 반드시 있다. 이것이 우리가 글을 쓰는 이유인지도 모른다. 결국 글쓰기는 나의 본심을 알아가는 과정이다.

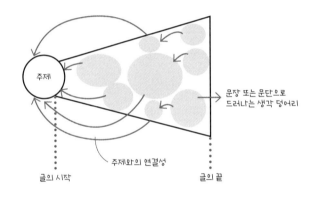

글이 하나의 주제로 모이는 과정

60대 Y씨는 책모임에서 만난 분이었다. 하루는 그가 조심스럽게, 조금 수줍은 얼굴로 물어왔다.

"글쓰기를 하고 싶은데, 저 좀 가르쳐줄 수 있어요?"

글쓰기를 가르쳐 달라는 말에 나는 잠시 고민했다. 내가 남을 가르칠 만큼의 실력이 되느냐 되지 않느냐를 떠나, 글쓰기는 남에게 가르칠 수 없는 것이라고 생각하는 나에게 그 질문은 뭔가 어색했다. 책을 만들면서, 그리고 일주일에 두세 번 글쓰기 강의를 하면서도 나는 그렇게 믿고 있다. 그 사람의 인생과 경험, 공부를 어떻게 가르친단 말인가. 나 역시 누구로부터 배울 수 없는 일이다.

내가 글쓰기 강의를 시작한 것은 다른 이유였다. 실은 사람들의 이야기를 듣고 싶어서였다. 이런 이유와 Y씨의 간절한 눈빛 때문인지 내 멋대로 Y씨의 질문을 바꾸어 들어보았다.

"내 이야기 좀 들어줄 수 있어요? 꼭 들어줬으면 좋겠는데."

나는 마음속으로 대답했다.

'네. 그건 제가 할 수 있어요.'

그 뒤로 6개월 동안 우리는 함께 글을 썼다. 처음에는 둘이 만나 이야기를 나누었다. 그냥 말하기가 아니라, 글을 쓰기 위한 말하기였다. 처음부터 글을 쓰지는 않았다. 그녀는 살아온 이야기, 힘들었던 사건, 그녀를 힘들게 한 사람들, 남에게 말할 수 없는 상처까지 쏟아내고 또 쏟아냈다. 10시간 가까이 대화를 나누었고, 서로 울고 웃었다.

그런 만남이 있은 다음부터 그녀는 글을 쓰기 시작했다. 내가 한 일은 크지 않았다. 그녀의 말에 귀 기울이는 청자의 역할만 했다. 물론 그녀의 글에 깊게 관여해 '당신의 글은 이렇게도 갈 수 있다'는 여러 예시를 보여주기는 했지만 그건 하나의 의견일 뿐이었다. 그것을 받아들이고 받아들이지 않고는 그녀 마음이었다.

6개월 동안 그녀의 글쓰기는 차츰 변했다. 어휘력, 문장력, 문법 등에도 유의미한 변화가 있었지만, 나는 그것을 '변화'라고 부르고 싶지 않다. 그녀가 글 한 편에 자신의 본심을 한 개 담게 된 것을 '변화'라고 하고 싶다. 그렇게 한 가지만 써도 그녀는 처음처럼 불안해하지 않았다. 이 것저것 자신의 감정이 올라올 때는 쓰는 것을 멈추었고,

다시 쓸 수 있을 때 한 글자 한 글자 자신의 감정과 마음을 담아냈다. 그렇게 그녀는 느려졌다. 느려질 힘이 생겼다. 서둘 필요가 없었다. 폭포수처럼 빠르게 쏟아지던 그녀의 이야기들이 서서히 정리되었고, 한 편 한 편이 느릿하게 태어났다. 많은 것을 담지 않고, 본심을 한 가지씩 담았다.

그녀는 글쓰기를 마치며 이렇게 말했다.

"내 인생이 초라하고 바보 같았어요. 너무 비참했고 힘들었으니까요. 그런데 글을 쓰면서 알게 되었어요. 그때 나의 선택이, 행동과 말이 결코 의미 없지 않았다는 것을요. 글을 쓰면서 그때의 나를 이해하게 되었어요. 이제 그 모습이 전혀 초라하지 않고 비참하지 않아요."

그녀는 지금 글을 쓰고 있을까? 물어보지는 않았지만, 아마 그녀는 어떤 방식으로든 자신을 표현하며 살고 있을 것이다. 뭐, 종이에 기록하지 않으면 어떠랴. 그녀는 이제 자신의 인생에 '의미'를 붙일 줄 아는 사람인데.

우리 인생은 언제나 글 바깥에서 훨씬 더 위대하다. 그

대단한 인생을 살아내자면 우리 마음은 흔들릴 수밖에 없다. 혼란스럽고 갈팡질팡하며, 늘 갈등하며 싸워야 한다. 그것들을 버텨내느라 마음은 늘 여러 개가 된다. 그래서 더 괴롭다. 그럴 때 본심을 줄이는 용기가 필요하다. 본심을 줄이는 과정에서 나가떨어지는 것 중에 진짜 내 마음이 있으면 어떡하느냐고? 그럴 때 글을 쓰는 것 아닐까? 글을 쓰면서 내 마음을 천천히 알아봐 줄 수 있다. Y씨처럼.

열정	인내	용서	불안	성공
질투	용기	편견	실수	우정

1

위 단어 중 하나를 고른다.

2

내가 고른 단어와 연결된 에피소드 하나를 떠올린다.

3

"이 이야기는 '○○'에 대한 것입니다"를 말하고
나의 에피소드를 이야기한다.

4

나의 이야기를 녹음한다.

5

녹음한 것을 다시 들으며,
그 에피소드가 '○○'에 대한 이야기인지 확인한다.

내 첫 ○○을 쓴다는 것

나의 역사 만들기

나는 책 만드는 일을 어떻게 시작하게 되었을까? '편집자'가 무슨 일을 하는 사람인지 잘 몰랐던 대학 4학년 때, A출판사에 면접을 보라는 교수의 말에 나는 별 고민 없이 쫄래쫄래 면접을 보러 갔다. 이것이 내가 책을 만들게 된 '처음'이라고 20년 가까이 믿고 있었다. 그런데 그 '처음'이 최근에 바뀐 거다.

얼마 전 대학 동기들과 만나 이야기를 나누다가 재미있

는 사실을 알게 되었다. A출판사에 면접을 보라는 교수의 제안을 들은 사람은 나뿐만이 아니었다. 내 앞에 여러 명이 더 있었는데, 그들이 다 거절하는 바람에 내 차례까지 온 것이었다. 그중에 내 측근들도 있어서 그 사실을 처음 알게 된 거다. "너도?", "너도?" 하던 끝에 한 친구가 "결국은 유진이가 간 거야?"라는 말에 다 같이 한참을 웃었다.

이렇게 '나의 첫 직장'에 이야기 하나가 더 보태졌다. 그러지 않아도 첫 직장이라 기억에 남는 일이 많은데, 할 말이 더 많아진 셈이다. 그 일들을 오래 기억할 수 있는 것은 처음이 준 설렘과 낯섦, 불안과 서툶 같은 감정들이 복잡하게 얽혀있기 때문이다.

사람들은 "내가 처음에~"라는 말이 나오면 모두 이야기꾼이 된다. 글을 쓸 때도 주제가 '처음'이면 할 말이 많아진다. 우리가 지금 하는 일이나 공부, 만나는 사람, 물건이나 공간에는 모두 '처음'이 존재한다.

한 번도 주목받지 못했던 자기만의 처음에 얼마나 이야기가 많을지 써보지 않고는 모를 일이다. '첫, 초보, 첫 번째, 최초, 처음, 도입' 뒤에는 숨은 사연이 많다. 감히 헤아

릴 수도 없겠지만, 사람들이 쓴 글의 주제를 간추려보면 다음과 같다.

어린 시절 경험		관계 경험		특정 경험	
첫 친구	첫 번째 일등	첫 사랑	첫 이웃	첫 여행	처음 산 집
첫 영화	첫 집	첫 아이	첫 연예인	첫 이별	첫 번째 파마
첫 전학	처음 본 죽음	첫 배우자	첫 만남	초보 운전	첫 질병
첫 동화책	최초의 기억	첫 반려견	첫 상사	초보 엄마	첫 직업
첫 선생님	첫 충격	처음 결혼	첫 번째 꿈	첫 직장	초보 팀장

각자가 부여하는 처음의 의미는 모두 다르다. 부끄러운 처음, 자랑스러운 처음, 불안한 처음, 시작의 경계가 모호한 처음, 도전이었던 처음, 실패한 처음, 당당한 처음, 복잡한 마음이 든 처음, 많이 배운 처음 등 다양하다. 이렇게 처음의 색깔은 달라도 그 안에 복잡하게 얽힌 감정이나 사연이 많다는 면에서는 같다.

복잡한 감정이나 생각이 몰려올 때가 글을 쓸 타이밍이다. 더구나 '처음'은 과거의 일이므로 시간상 거리도 있어서 글을 쓰기에 더욱더 좋은 주제다. 그 당시에는 여러 가지 생각과 감정이 복잡하게 얽혀있었겠지만, 현재의 나는 그것과 거리를 확보한 상태라 이야기를 꺼낼 엄두가 난다.

'처음(첫, 초보, 첫 번째, 최초 등)을 주제로 글을 써보면 나의 어떤 마음과 마주하게 될까? 어떤 것에 관해 쓰게 될까?'

- 다시는 돌아가지 못하는 그리움과 추억
- 지금의 나를 있게 한 그때 그 시작의 의미
- 초심으로 돌아가보는 마음
- 처음인 줄 몰랐던 새로운 발견
- 서툴고 부족한 대로의 아름다움
- 과거와 현재에 대한 감사
- 나 자신을 위한 핑계와 옹호
- 다시 시작해볼 수 있는 용기
- 실패와 좌절에 대한 재해석

우리가 인생에서 만났던 '처음'에 대해 쓴다는 것은 내가 나의 이야기를 들어주는 일이다. 한 번도 꺼내보지 못한 너무도 작은 나의 시작에 의미를 붙여보는 일이다. 의미를 붙인다는 것은 내 이야기를 스스로 재해석하고 재구성해본다는 뜻이다. 그것들이 쌓이면 기록이 되고, 나의 역사가 된다. 나의 역사가 쌓이면 비로소 내가 보인다. 그래서 그것이 무엇이든 '처음'을 써보아야 한다.

첫사랑에 울고 있던 나에게 한 선배가 다가와 말했다. 그는 글을 쓰는 사람이었다.

"유진아, 그럴 때 글 써."

그때는 '이 마당에 무슨 글을 쓰라는 거야' 하고 생각했지만, 지금은 쓸 수 있을 것도 같다. 무엇이든 조금 지나고 나서야 어떤 색깔을 입혀볼 마음의 여유가 생기는 법이다.

인생은 '처음'으로 이루어져 있다. 모든 것 앞에서 우리는 항상 처음이었다. 지금 이 순간에도 우리는 낯선 처음들과 마주하고 있다. 그 속에서 설레고 기뻐하기도 하고, 헤매고 가슴 아파 울기도 한다. 그것들은 어떤 의미일까? 훗날 당신의 글에서 꼭 밝혀지기를 바란다.

**나답게
쓰기**

|

1
'나의 처음(첫, 초보, 첫 번째, 최초 등)'을 기억해본다.
있는 대로 다 떠올려 적는다.

(예) 나의 첫 친구 승희, 처음 내 방을 가진 날, 첫 아이를 만난 날,
여덟 번 떨어지고 딴 첫 운전면허증, 나의 첫 반려견 레미, 어수룩한 초보 팀장 이야기 등

|

2
그중에 가장 기억에 남는
'처음'을 주제로
글을 쓴다.

어쨌거나 나는 지금 쓰고 있다

이것으로 충분한 이유

잘 못 하는 것을 그냥 해보는 사람이 있는가 하면, 잘 못 하는 시간을 견디지 못하는 사람이 있다. 전자는 자신이 부족한 것을 알면서도 '하고 있다'는 것에 더 의미를 둔다. 그들은 일단 해보면서 그 속에서 자신의 장점을 찾고 차츰 발전해간다. 후자는 잘 못 하는 것에 신경 쓰면서 어떻게 하면 더 잘할 수 있을까를 고민한다. 잘 못 하는 것을 인지하고 그것을 발전시키는 것은 나쁜 게 아니다. 그런데 그러는 사이 가장 중요한 것 두 가지를 잃어버린다. 처음 시작한 이유(또는 목적)와 '하고 있다'는 깨어있음이다.

글쓰기를 시작하기 전에 사람들이 가장 많이 하는 말이 있다.

"전 글을 잘 못 써요."

40대 K씨도 그런 사람 중 하나였다.

"쓰다 보면 왜 이렇게 글이 길어지는지 모르겠어요. 자꾸 장황해져요. 간결하면서도 위트 있는 글을 쓰고 싶은데 제 글은 왜 이런지 모르겠어요. 주제를 바꾸는 게 나을 것 같아요."

그는 첫 시간부터 눈에 띄는 사람이었다. 한마디로 모든 면에서 월등했다. 주제를 잡는 것도 자신의 이야기를 구성하는 힘도 있었다. 강의 내용을 정확하고 빠르게 이해했고, 실습할 때도 거침없이 해냈다. 그런 그가 첫 시간부터 말한 자신의 고민은 '장황'이었고, 간결하게 쓰고 싶다고 했다.

나는 조금 조심스러웠지만 이렇게 말했다.

"아, 저도 그게 고민일 때가 많아요. 장황해지는 것은 경계해야 할 부분이기는 합니다. 그런데요. 글을 길게 이어쓸 수 있다는 것은 ○○님의 장점이에요. 어떤 사람은 글을 쓰고 싶은데 쓸 게 없어서 힘들다고 해요. 그런데 ○○님은 일단 '할 말'이 많은 거잖아요. 그건 장점이에요. 물론 그 장점 때문에 장황해지는 부분이 걱정되겠지만, 초고에서 모든 것을 다 갖출 수는 없어요. 제가 작업하고 있는 책의 초고들을 보면 깜짝 놀라실 거예요. 보여드릴 수는 없지만 그것들 다 장황의 끝을 달려요. (웃음). 잘하고 싶은 마음은 이해가 되지만, 지금은 연습하는 거니까 쓴다는 것 자체에 집중해보세요."

글쓰기 강의 첫 시간에 꼭 하는 말이 있다.

"글쓰기 강의 믿지 마세요. 글쓰기 책도 믿으시면 안 돼요. 그것들은 그저 강사나 작가들의 개인적 경험에서 온 말들이에요. 제 말도 마찬가지예요. 제가 드릴 수 있는 게 별로 없어요. 글쓰기 강의나 작법서에 만족하면 안 돼요. 글을 한 줄이라도 쓰는 게 글쓰기 강의 열 번 듣는 것보다 나아요. 그래서 이 강의는 매주 숙제가 있습니다. 일주일에 한 편 이상 글을 쓰고, 다음 시간에 글 일부를 낭송하시는 거예요."

이렇게 규칙을 정해놓아도 글을 써오지 못하는 사람들을 위한 예외는 늘 필요했다. 그래서 '글을 말로 써도 된다'는 예외의 문을 살짝 열어놓았다. 궁극적으로는 한 편이라도 쓰도록 하기 위한 나의 작은 꼼수지만, '말로 쓰는 글쓰기'는 인기도 효과도 꽤 좋았다.

70대 후반의 P씨는 늘 이렇게 말했다.

"혼자 공책에 조금씩 쓰기는 했는데 영 신통치 않아요."

10주간의 강의를 들으며 글을 거의 쓰지 못한 P씨는 보통 '말로 쓰는 글쓰기'로 대체했다. 하루는 P씨가 낭송 시간에 젊은 시절 겪은 사고 때문에 자신의 삶이 지금까지 어떻게 변했는가를 차분한 목소리로 들려주었다. 그분의 이야기를 들으며 눈물을 훔치는 사람도 있었다. 나도 눈물이 핑 돌았지만 참고 말했다.

"선생님, 글 잘 쓰시는 거 아시죠?"

"내가요?"

"네. 아주 잘 쓰세요. 그거 알고 계시면 좋겠어요."

나는 P씨에게 꼭 그 말을 하고 싶었다. 그는 사정상 숙제를 잘 해오지 못했지만, 나는 그의 글을 계속 주목해서 보고 있었다. 수업 시간에 짧게 쓴 시, 짧은 문장, 말로 쓰는 글이 나뿐만 아니라 다른 사람들에게 큰 울림을 주었다. 그런데 정작 자신은 전혀 모르는 것 같아 내가 용기를 내어 말했다. 그 말이 효과가 있었을까? 그는 10주가 끝나기 전에 글을 두 편 정도 완성했다. 자신이 글을 쓰고 있다는 것을 알아차린 것이다.

옛날에 세 사람이 건축 공사 현장에서 일하고 있었다. 그 앞을 지나가던 사람이 첫 번째 사람에게 물었다.

"무슨 일을 하고 계시는 겁니까?"

"전 구덩이를 파고 있어요."

이번에는 두 번째 사람에게 물었다.

"무슨 일을 하고 계시는 겁니까?"

"높은 벽을 세우는 중입니다."

마지막으로 세 번째 사람에게도 똑같은 질문을 했다.

"무슨 일을 하고 계시는 겁니까?"

"나는 지금 멋있는 성당을 짓고 있어요."

* 이 이야기의 출처는 분명하지 않다. 전해지는 내용으로 인용되고 있다.
  위 내용은 《가문비나무의 노래》(마틴 슐레스케, 유영미 옮김, 니케북스, 2013)를
  참고해서 정리한 것이다.

건물을 지을 때는 구덩이를 잘 파는 일, 벽을 세우는 일 모두 중요하다. 당장 눈앞에 보이는 일들을 성실하게 해내야 한다. 그것과 함께 자신이 무엇을 하고 있는지 알고 있어야 한다. 성당을 짓고 있는지, 집을 짓고 있는지, 길을 닦고 있는지, 작은 공원을 꾸미고 있는지를 말이다. 그것을 알아야 '지금'을 느낄 수 있다.

글을 쓸 때도 주제를 중심으로 어휘, 문장, 문단을 잘 구성하여 한 편을 완성하는 것이 중요한 만큼, '지금 글을 쓰고 있다'는 상태를 인식해야 한다. 글을 쓰는 지금을 알아차리면 자신이 쓰는 이유나 목적도 자연스럽게 찾을 수 있다. 쓰다 보면 자꾸만 잊게 되는 이것을 기억하자.

"나는 지금 쓰고 있다."

1

192쪽에서 녹음한 내용을
글로 옮겨 적는다.

2

글로 옮긴 내용을 다듬는다.

3

본래 쓰고자 했던 주제와
글의 내용이 맞는지 확인한다.

또 진지해지지 마세요

재미있게 쓸 수 있는
여섯 가지 주제

　　　　　　　　새로운 악기를 배운다고 생각해보자. 악
기를 배울 때는 연습을 많이 해야 한다고 당연하게 생각
한다. 악기의 기본 음계를 익혀 한 곡을 연주하기까지는
시간이 꽤 걸린다. 음계를 연결해 연주하게 되었다고 끝
이 아니다. 그 곡의 고유한 느낌과 함께 연주자 본인의 감
정을 살려야 한다. 연습을 반복하다 보면 잘 안 되는 부분
이 나오고 그 부분을 중심으로 반복해서 연습한다. 전체

에서 부분으로, 부분에서 다시 전체로 연습한다.

한 곡을 연주하면 다른 곡을 연주하고 싶어진다. 곡마다 난이도가 다르므로 어떤 것은 너무 어려워 중도에 포기하기도 하며, 이 곡 저 곡을 기웃거리고 다른 사람의 연주도 들어본다. 그 사이에 악기를 바꾸기도 하고 선생을 만나기도 한다. 이론에 심취하기도 하고 이것저것 질문이 생긴다. 이 같은 연습 과정에서 중요한 것은 잘 못 하는 시간을 버텨내는 일이다. 미숙한 자기 자신과 시간을 보내는 것이 연습이다.

그런데 글을 쓸 때는 '연습'한다고 생각하지 않는 것 같다. 자기 생각이나 감정을 밖으로 꺼내는 일이라고 생각해서 그런가, 다른 것을 배울 때 드러나는 태도와 조금 다르다. 잘 못 쓰는 자기 자신을 유독 견디기 힘들어한다. "왜 안 써지지?"라며 심각한 표정을 짓거나, 재능을 탓하며 시작하기도 전에 기가 죽는다. 여기서부터 글쓰기의 고통이 시작된다.

글쓰기는 연습이다. 이것을 받아들이면 덜 괴롭다. 지

금보다 글을 잘 쓰는 방법은 하나밖에 없다. 쓰는 양을 늘리는 것이다. 양을 늘리는 것이 글쓰기 연습이다. 글을 쓰면서 생각 연습, 흐름 연습, 시작과 마무리 연습, 문장 연습, 어휘 연습, 배열 연습, 퇴고 연습, 확장 연습, 인용 연습을 해보는 것이다. 글은 양이 어느 정도 쌓여야 질이 올라간다. 연습한다고 생각하면 못 쓸 게 없다.

그런데 글쓰기 연습을 할 때는 될 수 있으면 '쓰고 싶은 글'보다는 '지금 당장 쓸 수 있는 글'부터 쓰는 것이 유리하다. '쓰고 싶은 글'만 쓰겠다고 고집하는 사람들도 있다. 그런 사람에게 '지금 당장 쓸 수 있는 글'부터 써보라고 하면 기분 나쁘게 받아들이기도 한다. 선택은 본인이 하는 것이지만 '쓰고 싶은 글'이 안 써질 때는 술술 써지는 글을 연습하는 융통성을 발휘해야 한다.

《셜록 홈즈》의 작가 아서 코난 도일은 원래 역사소설을 쓰고 싶었다고 한다. 그런데 사람들이 《셜록 홈즈》에만 관심과 애정을 보였다고 한다. 역사책을 쓰고 싶었던 그는 괴로운 마음에 더 이상 셜록에 관해 쓰지 않겠다고 했다. 그러나 결국 팬들의 성화에 못 이겨 다시 펜을 들었다는 일화가 있다. 훗날 작가는 우리에게 이런 말을 남겼다.

"쓰고 싶은 글보다 자신이 잘 쓰는 글을 써라."

글쓰기는 끊임없는 연습이고 그 연습이 양을 늘려준다. 특히 한 가지 주제로 양을 늘리다 보면 자기만의 세계가 열린다. '잘' 쓰고 싶다는 생각보다는 나의 세계를 만들어 간다고 생각하면 어떨까? '잘' 쓰겠다는 결심보다는 내가 잘 쓰는 주제를 찾는 것이 어떨까? 글을 잘 쓰는 기준은 없다. 각자가 서 있는 그 자리에서 한 걸음 나갈 수 있다면 그게 잘 쓰는 것이다.

내가 잘 쓸 수 있는 주제는 무엇일까? '무엇을 생각할 때 쓰고 싶은 마음이 올라오는가?'라는 물음을 갖고 다음 여섯 가지를 읽어보자. 다음 내용은 본문에서 언급한 몇 가지 내용을 간추린 것이다.

첫째, 아무도 모르는 나의 열등감(결핍, 아픔, 고통, 상처 등)이나 나의 자랑(장점, 긍정, 열정, 자신감 등)을 쓴다. 열등감이

나 아픔을 쓰면서 얻을 수 있는 것은 '재정의'다. 고통이나 상처에 새로운 의미를 붙이면서 생각을 '이동' 시키는 것이다. 한편 남들은 잘 모르는 나만의 자랑, 장점, 긍정성에 관해 써도 좋다. 글에서는 자만하고 잘난 척을 해도 된다. 이 두 가지 주제는 이야기의 양이 보장되므로 글의 양을 확보하는 데 수월하다.

둘째, 나의 감동 패턴을 찾아서 글로 쓴다. 반복해서 감동하게 되는 것, 내 마음을 움직이게 하는 것, 자꾸 내 신경을 건드리는 것, 눈물이나 웃음 나게 하는 것이 양을 늘리는 데 제격이다. 감동은 움직임과 변화를 동반하기 때문에 내용이 다이내믹하다. 반복해서 또는 오랫동안 나의 마음을 건드린 데는 이유가 있고, 그 이유 안에 이야기가 숨어있다.

셋째, 자신이 좋아하는 것을 쓴다. 우리 주변에는 글쓰기 자체를 즐기는 사람보다는 어떤 대상을 좋아하다 보니 글을 쓰게 된 사람이 더 많다. 책을 쓰는 사람들이나 SNS를 꾸준히 하는 사람들만 봐도 글쓰기 자체가 취미인 사람은 소수다. 글쓰기 이전에 각자 어떤 주제를 갖고 있으며 그것을 표현하는 한 방법으로써 글쓰기를 선택한다. 좋아하는 주제로 쓴 글보다 매력적이기는 어렵다.

넷째, 자기 안에서 풀리지 않는 물음에 관해 쓴다. 세상에 없는 나만의 정답을 찾아가는 과정이 글쓰기다. 자신과 타인에 대해 품고 있는 질문, 이 사회나 역사에 대해 갖고 있는 의문, 어떤 개념, 어떤 사건, 인류와 우주에 대해 질문하는 글을 쓴다. '나는 그때 왜 그랬을까?', '그 사람은 왜 그렇게 말했을까?', '그 일은 왜 일어났지?' 등 나의 질문에 답해보는 것이다. 정답을 찾기 위해 질문하는 것은 아니다. 나로부터 시작된 질문에는 정답이 없다. 글을 써서 답을 찾을 수도 없다. 질문이 있다는 것은 '체화'하는 것이다. 내 옆으로 끌고 와서 앉혀놓고 '시작'하는 것이다.

다섯째, 자신이 공부하는 것을 주제로 쓴다. 지적인 공부는 물론이고 몸으로 배운 경험도 함께 쓴다. 한 분야에서 오래 일해온 사람은 자신의 직업에 대해 써보고, 취미로 하는 공부가 있다면 세미 전문가로서 신선한 견해를 펼쳐본다. 다른 사람들이 정립해놓은 이론과 개념, 그들의 의견, 생각들을 바탕으로 자신의 이야기를 끌고 갈 수 있는 글쓰기야말로 가장 이상적인 형태의 글쓰기라고 할 수 있다.

여섯째, 남들과 공유하고 싶은 것, 공감받고 싶은 것을 쓴다. 사람은 누구나 자기 이야기를 하고 싶어 한다. 공유하고 싶든, 공감받고 싶든 이유는 한 가지다. 누군가 내 이야기를 들어주기 바라는 마음이다. SNS가 우리 일상 속으로 깊이 들어오면서 내 생각을 남들에게 전하는 일이 무척 쉬워졌다. 클릭 한 번으로 전 세계로 유통되는 시대다. 내가 가진 지식과 정보, 경험을 나누는 것, 다른 사람들을 위해서라고 말하지는 말자. 그저 본인이 좋아서 하는 것뿐이다. 그러니 양이 넘쳐날 수밖에.

- 나의 열등감 또는 나의 자랑
- 내 마음을 움직이게 하는 것
- 몰입하고 좋아하는 것
- 내 안에 있는 수많은 물음
- 공부하고 깊이 사색하는 것

• 공유하고 공감받고 싶은 것

위 여섯 가지는 '나'를 중심으로 쓰게 된다. 모두 '몸'으로 배운 것이기 때문에 무엇보다 할 말이 많다. 몸으로 배웠다는 것은 직접 경험하고 겪어냈다는 뜻이다. 여섯 가지 중에서 끌리는 주제를 골라 지속해서 써보자. 글쓰기 양이 대폭 늘어날 것이다. 자기 스타일이 생기면서 나다운 글쓰기에 재미를 느낄 수 있다. 기왕이면 재밌게, 자꾸자꾸 쓰고 싶은 것을 골라서 써야 한다.

그런데 글쓰기를 할 때 자꾸 진지해지려는 사람들이 있다. 그게 옳다(?)고 생각하는 것 같다. 글쓰기는 오랫동안 괴로움이나 고통이라는 프레임에 갇혀있었다. 엄숙하고 진지한 글쓰기도 있지만, 그것이 다는 아니다. 모두 그런 글쓰기를 할 필요는 없다. 그런 글쓰기만이 대단하고 의미 있는 것은 아니다.

글쓰기는 '말'이다. 혼잣말을 하거나 누군가와 이야기를 나누는 것, 때로 여러 사람 앞에서 말을 하거나 서로 의견을 나누는 정도라고 생각하면 글쓰기는 별것 아니다. 그저 내 이야기를 하는 것이다. 말을 하듯, 노래를 부르듯이.

그러니 "자신이 잘 쓰는 글, 재미있게 쓸 수 있는 글을 써라." 그런 것을 써도 당신의 글은 아주 괜찮다!

재미있게 쓸 수 있는 글을 써라

다음 여섯 가지를
한 단어(또는 한 문장으로)로 적은 다음,
가장 할 말이 많은 주제부터 글로 써본다.
최대한 구체적으로 적는다.

- 나의 열등감 또는 나의 자랑:
- 내 마음을 움직이게 하는 것:
- 몰입하고 좋아하는 것:
- 내 안에 있는 수많은 물음:
- 공부하고 깊이 사색하는 것:
- 공유하고 공감받고 싶은 것:

글을 쓰면서 만나는 수많은 골목길

길게 써보기

글쓰기는 한 문장, 한 문단도 중요하지만 결국 '연결'이 핵심이다. 어휘력이 조금 부족하고 문장력은 좀 떨어져도, 하려는 말을 중심으로 잘 엮을 줄 알면 좋은 글을 쓸 수 있다. 문장력이나 어휘가 부족하다고 말하는 사람은 많지만, 연결이나 흐름을 문제시하는 경우는 드물다. 그런데 막상 글을 읽어보면 문장 자체의 문제보다는 흐름이나 연결이 어색한 경우가 더 많다.

글쓰기는 집짓기와 같다. 비싸고 좋은 재료를 갖는 것을 목표로 삼지 말고, 자신이 가진 재료를 활용해 집에 가까운 모양으로 완성도를 갖춰보는 누적된 경험이 필요하다. 이 연결을 경험하기 위해서는 글을 조금 길게 써보아야 한다. 한 가지 주제나 이야기를 가지고 A4 한 장에서 두 장 사이로 한 편을 완성해보는 것이다.

한 번은 어떤 분께서 이런 고민을 털어놓았다.

"저는요, 핸드폰 메모장에 짧게 짧게 써놓은 메모는 진짜 많아요. 그런데 그게 한 편의 글이 되지 못해요. 제가 썼지만 간혹 좋은 문장도 있는데, 너무 아까워요."

그분의 솔직함에 나도 이야기를 보탰다.

"좋은 고민입니다. ○○님의 그런 메모들이 글쓰기의 좋은 씨앗이 되는 것은 맞아요. 아주 좋은 습관을 갖고 계신 거예요. 부럽습니다. 그 메모들이 한 편의 글이 된 적이 없다는 점을 인식하셨으니 이제부터는 그것들을 바탕으로 조금 긴 글을 써보세요."

이런 고민을 하는 분이 꽤 많은 데다가, 고치고 싶어도 잘 안 된다는 분도 있다.

40대 한 남성은 매일 글을 쓰는 분이었는데, 모든 글을 시와 산문의 중간 형태로만 썼다. 그러나 그의 글에는 시의 함축성이나 운율도, 산문만의 밀도도 찾아보기 어려웠다. 그의 글쓰기가 잘못되었다기보다는, 오랫동안 굳어진 글쓰기 습관 때문에 그의 장점이 잘 드러나지 않는 점이 내내 아쉬웠다. 몇 편을 콕 짚어서 길게 써보라고 권유해 보았지만 잘 안 된다고 했다.

대화할 때 단답형으로 빠르고 정확하게 오가는 호흡도 필요하지만, 자신의 이야기나 생각을 길게 말해야 할 때도 있다. 이 말 저 말 새로운 이슈를 짧게 끊어가는 대화도 있지만, 한 가지 주제로 묵직하게 이어가는 대화가 필요한 날도 있다. 글쓰기를 할 때도 짧은 메모 같은 글도 좋지만, 한 가지 주제를 긴 호흡으로 쓰는 연습도 필요하다. 너무 길고 장황해지는 것은 경계하면서, 처음에는 A4 한 장에서 시작해서 조금씩 늘려서 두 장까지 써본다.

글을 긴 호흡으로 써보면 어떤 점이 좋을까?

한 번은 어떤 분께서 조금 고민스럽다는 표정으로 물

었다.

"제가 처음에는 A라는 주제로 글을 쓰려고 했거든요. 그런데 글을 쓰면서 그 생각이 바뀌는 거예요. 그럴 때는 처음 생각한 주제로 쓰나요, 아니면 쓰면서 바뀐 주제로 쓰나요?"

나는 그분에게 전체 주제가 바뀔 정도면 쓰면서 달라진 생각을 따라가 보고, 전체가 아니라 부분이 조금 흔들릴 때는 처음에 생각한 주제로 돌아가라고 했다. 어쨌든 그 두 가지 주제를 버리지 말고 두 편을 쓰라고 했더니, 본인도 그러고 싶다고 했다.

글쓰기는 수많은 골목길과 미로 속에서 헤매는 일이다. 쓰지 않으면 그곳에 발을 디딜 수 없다. 내가 생각한 대로 길이 나는 경우도 있지만, 글쓰기가 나를 끌어갈 때도 있다. 쓰면서 만나는 무수한 생각의 골목길을 만나기 위해서는 긴 글을 써보아야 한다.

어떤 주제로 글을 쓴다고 해보자. 그 글을 쓰기 전에 이미 갖고 있던 생각들이 원래 길이다. 그런데 글을 쓰면서 나의 행동과 말을 '돌아보거나' 타인의 사연과 이야기를

'다시 생각하고', 정보나 지식을 '새로 접하면서' 그때마다 골목 어귀를 만나게 된다. 그 골목길이 끝나고 나면 원래 길과는 전혀 다른 새로운 길이 우리 앞에 나타난다. 한 가지 주제로 써보지 않았더라면 만나지 못했을 새로운 길인데, 그 길은 골목길을 거치지 않고서는 만들 수가 없다. 그 골목길은 여러분이 쓴 문장들이다. 무엇이 되든 가보면 길이 된다.

글쓰기는 자기표현이다. 나 자신을 표현하는 것은 단순한 일이 아니다. 우리의 생각과 마음이 단순하지 않기 때문이다. 그것을 밖으로 꺼내기 위해서는 글을 쓰면서 생각의 골목 이곳저곳을 마음껏 누벼보아야 하며, 그렇게 했을 때 생각지도 못했던 나의 마음과 생각을 만나게 된다.

그러기 위해서 한 가지 주제로, 길게, 자기 생각을 집요하게 끌고 가보는 경험이 필요하다. 나도 모르게 가게 된 생각의 골목길을 돌면 또 다른 생각이 펼쳐지고, 거기에 글쓰기의 기쁨이 있다. 골목길은 늘 이어져 있다. 여러분이 쓴 한 문장이 그다음 문장을 낳고, 앞에 나온 생각이 한참 뒤에 나온 생각을 책임지기도 한다. 그렇게 한 편의 글이 완성된다. 그때 마음속으로 자신의 글에 대해 한 번쯤은 자랑스러워하시기를.

"내가 썼지만 참 잘 썼다"라고.

　　　　　　　　　　　　　　　　　　　　　　　　●

그 길을 따라가면 많은 이정표를 볼 수 있으리라고 생각했죠.
이제는 그 길에 모퉁이가 생겼어요.
그 모퉁이 길에 무엇이 있는지는 저도 몰라요.
하지만 가장 좋은 일이 기다리고 있을 거라고 믿을 거예요.
―

《빨강 머리 앤》(루시 모드 몽고메리, 김경미 옮김, 시공주니어, 2002)

나답게
쓰기

1
그동안 쓴 메모 중
조금 더 길게 써보고 싶은 것을
한 편 고른다.

2
그 글을 A4 두 장으로 늘려 써본다.

3
글을 늘릴 때는
앞뒤 문장이나 문단이
잘 연결되는가를 고려한다.
전체적인 흐름도 잘 생각한다.

그 글은 당신이 아니다

100%가 아니어도
괜찮아

대학교 2학년 때였다. 고등학교 때부터 좋아한 작가와 식사할 기회가 있었다. 출판사를 하는 선배가 그 작가를 만나러 간다기에 기를 쓰고 따라간 자리였다. 그를 처음 만나면 무슨 말을 해야 할까, 마치 첫사랑을 만나는 것처럼 가슴이 두근거렸다. 그러나 그를 만나고 돌아온 날 밤, 스무 살의 나는 그의 책을 표지만 빼고 반으로 찢어버렸다.

지금 생각하면 얼굴이 화끈거리는 일이지만 나름의 이유는 있었다. 그 작가의 눈에 스무 살 꼬맹이가 보이지 않았던 거다. 그는 내 인사를 받는 둥 마는 둥 앉아 내내 시니컬한 표정으로 일관했고, 밥을 먹을 때도 말은커녕 눈길 한 번을 건네지 않았다. 그러나 그 정도로 아꼈던 책을 찢지는 않았을 터, 그보다 더 큰 실망은 그의 모습, 말씨로 드러난 실제 모습이 그가 쓴 글과 너무도 다르다는 데 있었다. 당시 나는 생각했다.

'이 사람, 어쩌면 이렇게 글과 다르지?'

대학을 졸업하고 출판 일을 하면서 나는 저 마음이 얼마나 순진했는지 알게 될 만한 일을 무수히 겪었다. 처음에는 글과 반대로 행동하는 사람을 경멸하기도 하고 글로만 고상한 사람을 멀리하기도 했다. 그 후에는 글과 사람이 달라도 상관없을 만큼 '일'로서 글을 대하기 시작했다. 그 사람이 실제로 어떤 사람이든 중요하지 않았다. 그보다는 원고를 받아 책을 잘 만드는 것이 더 중요했다.

그로부터 시간이 좀 더 흘렀을 때야 글에 관한 생각이

달라지기 시작했다. 우선 내가 글과 사람이 같기를 바랐던 것, 또한 다름을 확인하고 실망하다가 결국 냉소적으로 된 이유는 글을 대하는 나의 태도가 지나치게 진지했기 때문이다. 그 생각의 중심에는 이것이 있었다.

'글은 그 사람이다.'

결론부터 말하면 글은 그 사람이 아니다. 내가 하는 말이 나를 다 보여줄 수 없듯, 내가 쓰는 글도 나를 다 설명하지 못한다. 글에서 자기 자신을 전부 다 보여줄 수 있는 사람은 없다. 일부가 보인데도 온전히 믿을 만한 것이 못 된다. 이는 사람들이 글에 무엇을 쓰는지 생각해보면 이유를 알 수 있다.

사람들은 자신이 알고 있는 것 중에 가장 아름답고 좋은 것을 쓰고 싶어 한다. 글에서만큼은 반듯하고 이성적인 사람이 되고 싶어 한다. 글자가 가진 품위랄지, 글로 표현되는 순간 편집되고 정리되는 것들이 그렇게 만들기도 한다. 고통과 슬픔을 쓰더라도 승화와 극복을 바라는 마음이 드러난다. 쾌락과 방탕에 관해 쓰더라고 그 끝을 쾌락과 방탕으로 끝내지 않는다. 현재 나의 모습을 쓰더라도 지금보다 나아지기를 바라며 끝내는 자신의 이상과 소망의 속내를 비친다.

이렇게 글에는 '지금의 나'보다 '자신이 바라는 나'가 더 많이 나온다. 그런데 과연 이런 것들이 '나'라고 할 수 있을까? 글이 이런 것이라면 글을 쓸 때 다음과 같은 고민에서 좀 벗어나도 되지 않을까?

'이건 진짜 내 모습이 아닌데.'
'글에서 너무 멋있는 척한 건가?'
'글 내용처럼 살지 못하면 어떡하지?'
'내가 이걸 정확히 알고 쓴 건가?'
'사람들이 틀렸다고 하면 어떡하지?'

이런 고민에서 벗어나 글이 나의 생각과 감정을 다 설명하지 못한다고 생각하면 어떨까? 글로써 이상과 소망에 가까이 가보려고 노력하는 것일 뿐, 더 많은 것이 글 바깥에, 즉 우리 삶에 있음을 아는 것이다. 진실한 마음으로 글을 써야 하는 것은 맞지만, 그것을 삶의 앞자리에 올

글은 내가 아니다

려두고 지나치게 엄숙하고 대단한 것으로 애지중지할 필요는 없다. 글은 내 옆에서 나와 함께 성장하는 나의 일부분일 뿐이다. 나 자신처럼 조금 미성숙하더라도 발전 가능성이 있으며 딴에는 애써 노력하는 믿음직한 친구다.

좋아했던 작가의 책을 두 동강이 냈던 일이 이따금 떠오른다. 그때 나는 그의 글이 그 사람의 전부인 줄 알았다. 아니, 전부이기를 바랐다. 밥을 먹을 때도, 길을 걸을 때도, 사람들 앞에서도, 혼자 있을 때도, 여행할 때나 집에 있을 때도 그가 그의 글처럼 살기를 바랐다. 완벽하게 빈틈없이 그렇게. 그러나 그가 글에 쓴 그 세상과 사람들의 모습은 그 자신이 아니라 그가 바라는 희망이고 소망이었다.

그 작가는 까맣게 모를 일이지만 그래도 미안하다고 말하고 싶다. 그리고 여전히 당신 글을 좋아한다고 말하고 싶다. 그가 아닌 그의 글을 사랑한다.

◊

나 자신을 위해 글을 쓰세요

나는 한동안 독일 시인 라이너 쿤체의 시 〈뒤처진 새〉를 하루에 한 번씩 읽었다. 특히 "남들과 발맞출 수 없다는 것"이라는 부분을 읽을 때면 가슴이 묘하게 아팠다. 나 또한 시의 화자처럼 어릴 적부터 사람들과 묘하게 어긋나 있었다. 명절날 식구들이 바깥에서 윷놀이를 신나게 할 때도 뭐에 삐친 사람처럼 내 방으로 들어가 혼자 있었고, 학창 시절 소풍 때나 조회 시간에 함께할 짝을 찾지 못해 늘 속으로 애가 탔다. 그렇게 가족 안에서는 고집 세고 화를 잘 내는 아이로, 학교에서는 놀림감이 되었다가 인기 많은 친구가 되었다가 하는 아슬아슬한 줄타기 같은 시간을 보냈다.

나는 늘 열떠 있는 마음, 마음속 열등감과 늘 혼자라 마음을 아무에게도 말하지 못했다. 그 감정을 밖으로 표현하는 순간 그 아슬아슬한 줄타기에서 내려와 진짜 발맞추지 못하는 사람이 되는 게 두려웠다. 그런 나에게 유일하게 남들과 발맞추어 살지 않아도 괜찮다는 것을 알려준 것이 읽기와 쓰기였다. 그렇다고 내가 남들이 알아줄 만큼 책을 잘 읽고 글을 잘 쓴 것은 아니었다. 아무도 알아주지 않았다. 또한 그것은 '잘'의 문제가 아니었다. 아니어야 했다.

스무 살이 되어서는 형편이 좀 나아졌다. 대학에 가보니 나와 비슷한 친구가 많이 있었다. 세상과 발맞추지 않는 사람만 모아놓은 곳이었다. 나는 그들을 마음속 깊이 반겼다. 그들 속에서는 눈치를 보지 않고 하고 싶은 말과 행동을 다 할 수 있었다. 그래도 그들은 나를 받아들여 주었다. 우리는 함께 읽고 함께 썼다.

그런데 한 가지, 혼자만의 취미이자 비밀 열쇠 같았던 책 읽기와 글쓰기가 '잘'의 문제로 바뀌어 가고 있었다. 어느덧 '잘'해야 하는 것이 되어있었다. 그러나 나는 잘하지 못했고 그것을 인식한 뒤부터 살짝 발을 빼고 걷기 시작했다. 그들과 의도적으로 발맞추어 걷지 않았다. 그 뒤 책 만드는 일을 스무 해 가까이하면서 지금에 이르렀다.

읽고 쓰는 일 앞에 '잘'이란 말이 붙고 난 뒤부터 나는 그것을 도저히 떼어낼 수가 없었다. 도무지 떼어낼 수가 없었다. '잘'의 이전으로 돌아갈 방법을 찾지 못했다. '잘'이라는 말이 필요 없을 만큼 그것에 의지하던 상처투성이 시절로 돌아가고 싶은 마음은 추호도 없지만 그때 느낀 간절함만은 다시금 느껴보고 싶다.

내가 글쓰기 강의를 하면서 첫 시간에 가장 많이 듣는 말이 있다.

"저는 글을 잘 못 써요."

"글을 잘 쓰고 싶어요."

나는 그들의 말을 들을 때마다 기도했다. 부디 '잘'이라는 말을 떼어내시라고. 나도 못 하는 일이지만 그런 마음 하나로 글쓰기 강의를 시작했던 것 같다. 같이 떼어보자는 심정이었다.

'잘'이라는 말은 국어사전(국립국어원 표준대사전)에 열 개가 넘는 뜻으로 풀이되어있다.

옳고 바르게.

좋고 훌륭하게.

익숙하고 능란하게.

자세하고 정확하게.

아주 적절하게.

아무 탈 없이 편하고 순조롭게.

버릇으로 자주.

유감없이 충분하게.

아주 만족스럽게.

예사롭거나 쉽게.

기능 면에서 아주 만족스럽게.

친절하게 성의껏.

아름답고 예쁘게.

충분하고 넉넉하게.

솔직히 말하면 나는 잘 읽고 잘 쓰는 사람이 되고 싶었다. 그것을 잘하고 싶은 생각이 별로 없던 시절에도 글 쓰는 사람이 되고 싶었다. 그러나 나만의 '잘'에 대해 한 번도 생각해본 적 없던 나는 정작 읽고 쓰는 무대에 올랐을 때 지레 겁먹고 그곳을 빠져나오기에 바빴다. 아마도 내 머릿속에는 '좋고 훌륭하게'라는 뜻만 있었던 것 같다. 친구나 선배들의 글을 읽으면서 나는 그들을 따라갈 수 없다고 생각했고 난 언제나 '뒤처진 새'가 되었다.

그러나 이제는 '잘'의 의미를 바꿀 때가 온 듯하다. 떼어낼 수 없다면 다른 의미를 붙이는 수밖에. 그래서 '잘'이라는 말에 새로 의미를 붙이기로 했다.

유감없이 충분하게.

나는 여전히 잘 읽고 잘 쓰고 싶다. 그 누구도 아닌 나를 위해 유감없이 충분하게. 그렇게 나만의 무엇을 만들어가고 싶다. 이 글을 읽는 당신도 당신만의 무엇을 만들어 가시기를……. 나를 가장, 나답게.

•

그동안 엄마에게는 자연과 요리, 그리고 나에 대한 사랑이
그만의 작은 숲이었다.
나도 나만의 작은 숲을 찾아야겠다.

―

영화 〈리틀 포레스트〉 중에서

TIP 1

꾸준히 오래 쓰고 싶은
당신을 위한 가이드

●

가능한 한 자주 글을 쓰자.
악기 연주를 배운다는 생각으로.

—

J. B. 프리슬리

루틴이 필요해

쓰지 않고는
못 배기게

　　　　　글은 잘 쓰는 사람이 아니라 꾸준히 쓰
는 사람이 이긴다. 꾸준히 쓰는 사람은 결국 잘 쓰게 된
다. 설사 잘 쓰는 사람이 되지 못해도 상관없다. 꾸준히
쓰는 사람의 목적은 글 잘 쓰는 사람이 아니기 때문이다.
그보다는 각자 나름대로 가지고 있는 내밀한(?) 목적이
있다. 그렇기에 쓰기의 목적은 글 자체가 아닌, 하나의 주
제를 꾸준히, 끈질기게, 거듭 생각하고 표현하는 데 있어

야 한다.

글을 꾸준히 쓰기 위해서는 하나의 주제로, 어느 기간 동안 N편을 써야 한다. 하나의 주제로 글을 써보라고 하면 계속 그 주제만 써야 하냐고 묻는 분들이 있는데, 이런 질문은 주로 아직 쓰지 않은 사람이 한다. 쓰기 시작했거나 몇 편 써본 사람은 이런 질문을 하지 않는다. 한 가지 주제는 결코 그 한 가지로 끝나지 않는다. 쓰다 보면 글의 길이 계속 열리고 그 길은 좁아졌다 넓어지기를 반복하다가 운명의 주제를 만나게 된다.

가령 한 가지 주제로 몇십 편을 쓰면 길이 넓어지고 한두 편을 쓰면 길이 좁아진다. 그러나 그 길이 넓든 좁든 그것들은 계속해서 새로운 길을 만들어낸다. 넓어진 길은 어느 순간 오솔길로 들어서고 좁은 길은 8차선 도로로 나가기도 한다. 이것이 꾸준한 사람만이 낼 수 있는 글의 길이자, 글을 축적하는 방법이다.

그러나 글을 꾸준히 축적한다는 것은 대단히 어려운 일이다. 그래서 글 쓰는 사람들은 이를 위한 자기만의 방법을 갖고 있다. 자기만의 장치라고 할까?

5년 이상 온라인 카페에 한 가지 주제로 글을 쓰고 있는 어떤 분은 이런 장치가 있었다.

"제 카페에 글이 없으면 방문한 사람들이 실망하고 나갈 것 같았어요. 한 명이 들어와도 그 한 명을 위해 쓰겠다는 마음으로 매일 썼지요."

책을 열 권 이상 쓴 어느 작가에게도 그만의 장치가 있었다.

"공모전이든 출판사든 제 글을 계속 투고했어요. 이제는 알고 지내는 출판사나 편집자가 많아서 좀 더 쉬워졌지만 처음에는 무척 어려웠어요. 글을 세상 밖으로 내보내고 싶은 마음이 글쓰기를 꾸준히 하도록 하는 원동력 같아요."

어떤 사람은 혼자 쓰는 것이 어려워서 글쓰기 모임에 참여한다고 했다.

"글쓰기를 계속하고 싶은데 혼자 쓰다 보면 직장생활 때문에 지속해서 쓰지 못해요. 그래서 저는 사람들과 함께 쓰는 데를 찾아서 거기에서 글을 써요. 저에게는 그런 강제가 필요해요."

심리학자 김경일 씨는 원고 마감일이 다가오면 컴퓨터 화면을 일부러 켜놓고 그 앞을 지나갈 때마다 흰 바탕에 커서가 깜빡이는 것을 자신에게 노출한다고 했다. 그만의 글쓰기 장치였다. 그에 의하면, 저마다 이론과 생각이 다른 세계적인 심리학자들도 "자기 자신을 믿으면 안 된다."라는 말에는 이견이 없다고 한다.

어쩌면 뭔가를 꾸준히 하는 사람들은 모두 이런 마음일 것 같다.

"나는 나를 믿지 않는다. 그 대신 내가 그것을 할 수 있도록 나를 도와주자."

글쓰기를 위한 자기만의 장치를 어떻게 만들면 될까?

첫째, 마감을 정해야 한다. 마감의 종류는 무척 다양하다. 자신의 SNS에 규칙적으로 글 올리기, 사람들과 함께 마감일 정해서 쓰기, 공모전('엽서시'라는 홈페이지에 우리나라의 크고 작은 글 공모전이 모두 안내된다.) 참여하기, 출판사 투고 또는 계약하기 등이 있다. 자기 목적에 따라 다르겠지만 어떤 마감을 정하든 구체적이어야 한다.

만약에 이런 장치들 없이 혼자 써야 한다면 반드시 주제, 기간, 편수를 정해놓고 쓴다. 예를 들어, '나 혼자 다녀온 제주도 여행'에 대해 한 달 동안 다섯 편을 쓰겠다, '돌아가신 아버지와의 추억'에 대해 3개월 동안 열 편을 쓰겠다, '내 직업'과 관련해 후배들을 대상으로 한 달 동안 10편을 쓰겠다, 1년 동안 12편의 서평을 완성하겠다는 식으로 말이다.

둘째, 읽고 쓰는 자기만의 공간을 꾸민다. 자신만 알아볼 정도로 소박하고 단출하면 된다. 책상에 책, 액자, 연필꽂이, 메모지 등 자신이 좋아하는 물건을 올려놓으면 어떨까? 작가들이 쓴 글쓰기 명언을 써서 붙여두어도 좋다. 노트북 하나에 꽃 한 송이도 좋고, 마감일을 체크해두는 달력이 하나쯤 있어도 괜찮겠다.

그러나 그 공간에서만 글을 쓰라는 법은 없다. 가끔 장소를 옮기는 것도 집중에 도움이 된다. 집에서만 썼는데 카페에서 집중이 더 잘된다고 하는 사람도 있고, 완성은 책상에서 하지만 글의 뼈대는 핸드폰 메모장에서 수시로 쓴다는 사람, 노트북만 들고 어디론가 훌쩍 떠난다는 사람도 있다.

셋째, 자기만의 루틴을 만든다. 예전만 해도 작가는 갑자기 떠오른 영감을 허겁지겁 쓰는 사람, 남들이 잠든 새벽에 쓰는 사람, 책상은 늘 커피와 담배로 너저분하고, 왠지 보통 사람들과는 다른 일상을 살 것 같은 이미지가 강했다. 그러나 이건 일부는 맞고 일부는 틀린 얘기다.

많은 작가가 의외로 아주 규칙적인 생활을 한다. 하루에 쓸 분량을 정해놓고 그것 외에는 더 쓰지 않는 작가도 있고, 매일 새벽 산책하고 돌아와 커피를 마시면서 글을 쓴다는 작가도 있다. 글을 쓰는 동안은 일부러 책을 읽지 않고 사람을 거의 만나지 않는 사람도 있다. 이런 루틴은 하루아침에 만들어지지 않는다. 글을 쓰다 보면 자신이 언제 집중이 가장 잘 되는지, 무엇을 먹고 마시면 마음이 편안한지를 알게 되고 점점 나에게 최적화된 글쓰기 상황을 연출하게 된다. 글은 엉덩이로 쓴다는 말이 있다. 체력이나 컨디션을 끌어올리는 것도 관련이 있으니 이런 것들을 모두 고려해 자기만의 루틴을 정한다.

글쓰기를 처음 시작하거나 오랜만에 한다는 사람들이 가장 좋아하는 말이 있다. 작가 박완서의 말이다.

"난 아무것도 쓰지 않고 그냥 살아왔던 시간도 중요하다고 말해주고 싶다."

어쩌면 그냥 살아왔던 시간, 나의 이야기와 경험이 글을 꾸준히 쓰도록 해주는 가장 강력한 채찍과 당근이 되어줄지도 모르겠다. 그것은 진심으로 믿어줄 만하다. 그러나 책상 앞에 앉기까지는 자기 자신을 믿지 말고 군데군데 마감, 공간, 루틴이라는 장치를 심어두자. 당신이 쓰지 않고는 못 배기게.

**나답게
쓰기**

|

**1
나만의 마감:**

|

**2
나만의 공간:**

|

**3
글쓰기 루틴:**

글로만 나를 표현하지 않는다

다양한 표현법

몸으로 하는 모든 일이 자기 자신을 표현해준다. 말하기, 글쓰기, 그리기, 춤추기, 연주하기, 뭔가를 만드는 일, 배우고 가르치는 일, 누군가를 돕는 일, 사랑하고 다투는 일, 만나고 헤어지는 일들이 매 순간 우리를 표현한다. 의도하든 의도하지 않든 살아가는 것 자체가 나를 표현하는 일이다.

그런 많은 것 중에 우리는 '글'을 택했다. 잠시 있다가 떠나가든, 평생의 친구가 되어주든, 아니면 인생의 기로마다 만나게 되든 글은 고맙게도 지금 우리와 함께 있다. 그렇게 운명처럼 만났더라도 글은 글로만 쓰지 않아도 된다. 글에는 문자 외에도 그림, 사진, 표, 그래프 등 다양한 것이 있다. 문자에서 조금만 비켜나면 '나'를 표현하는 방법을 더 많이 누릴 수 있다.

　모든 것을 문자로 표현하던 시대는 끝났다. 책의 분량만 봐도 알 수 있다. 과거보다 책에 실리는 글의 전체 양이 줄었다. 책을 펼치면 한 쪽에 들어가는 양도 현저히 줄었다. 성인 도서에 그림이 들어가는 일도 아주 자연스러워졌다. SNS에 글만 올리는 사람은 거의 없고, 사진이나 그림이 기본으로 들어간다. 이렇게 '읽는' 시대에서 '보는' 시대로 가는 중이다. 더욱이 여러분이 쓰고자 하는 주제가 무엇이든 그것은 글로만 이뤄진 게 아닐 것이다.

　글 말고 다르게 표현해보고 싶은 게 얼마나 많은지 생각해보자. 그럴 때는 글을 꼭 글로만 채워야 한다는 강박에서 벗어나보자. 덜 지적으로 보일 걱정, 유치해 보일 걱정은 붙잡아두자.

우선은 짧든 길든 한 편을 완성하고 그것을 쌓아보는 경험이 필요하다. 그런데 의외로 많은 사람이 한 편을 완성하지 못한다. 일상생활과 직장에 쫓기면서 글을 쓰는 일은 생각처럼 쉽지 않다.

　글을 많이 써본 사람은 살아가면서 글을 써야 하는 이유를 강력하게 늘어놓는다. 매일 글을 쓰는 일이 삶을 풍요롭게 한다고 똑 부러지게 설명한다. 읽고 쓰는 일이 얼마나 좋은지 같이 해보자고 설득 아닌 설득도 한다. 그러나 그들은 글을 업으로 하는 사람이다. 그들이 없는 말을 하는 건 아니다. 실제로 글을 쓰면 좋다. 그러나 글쓰기가 업이 아닌 사람들이 그들을 따라가는 것은 불가능하다. 그렇다고 글쓰기를 멈출 수는 없다.

　그럴 때 표현 수단을 총동원해보는 것이다. 글 옆에 사진도 배치해보고 좀 못 그리면 어떠냐는 마음으로 그림도 넣는다. 글로 표현하기 어렵다면 나의 생각이나 감정을 표나 그래프로 바꿔도 좋다. 그럴 때 생각과 감정이 더 잘 표현되기도 한다. 글 외의 것들에 좀 의지해서 쓴다고 생각하면 마음이 가벼워진다. 그럼에도 불구하고 반드시 글자로만 글을 완성하고 싶다면, 글 외 요소들을 나중에 거둬내고 그것들을 글로 다시 써도 된다. 그러면 처음부터 글로만 쓴 것보다 내용이 더 풍부해진다.

글을 쓰다 보면 그것만이 내 생각과 감정을 표현해줄 것으로 착각한다. 그러면 자신을 글에만 의지하려 들고, 글로만 자신을 드러내고 싶어지기도 한다. 글 안에서만 행복하고 바깥에서는 불행을 자처한다. 그런 마음이 들수록 나를 표현해주는 많은 것이 있다고 믿어야 한다. 글이 나를 다 표현하지 못한다고 생각한다면 다른 것을 찾아보자. 그게 무엇이든 상관없다. 중요한 것은 글이 아니라 나를 표현하는 일이다.

지금 아무 책이나 펼쳐보라. 글의 생김새가 저마다 다를 것이다. 글자로만 까맣게 채워진 책은 별로 없다. 중간중간 들어간 사진과 그림들, 비워진 줄과 여백들, 숫자와 하이픈을 앞세운 짧은 글들, 다른 사람의 말과 글에서 빌려온 인용 글과 각주들, 모양이 다른 서체들, 잘 정리된 표와 그래프, 색을 입힌 글자들까지 글 안에서 다양해질 수 있는 만큼 최대한 그렇게 해보자.

어디에 쓰느냐에 따라 달라져야 한다

여러 매체에 쓰기

왜 글을 쓰냐는 질문에 사람들의 대답이 다양하다. 생각을 정리하고 싶다, SNS를 잘하고 싶다, 책을 한 권 내고 싶다, 나의 생각과 감정을 기록하고 싶다 등 자기만의 이유가 있다. 그뿐인가. 살아온 이야기를, 여행이나 일상 속 경험을, 자신이 겪은 고통을, 누군가와의 추억을, 어떤 가치와 통찰을, 그동안 쌓아온 전문 지식을 얘기해보고 싶다고 말한다. 글 쓰는 이유는 제각각이지만 그들의 말속에는 공통점이 있다. 그들은 '저장'하고 싶어 한다.

글은 쓰는 동시에 어디엔가 저장된다. 그 저장 방식에 따라 결과물이 달라진다. 자신이 쓴 글을 컴퓨터에 저장해놓고 혼자만 봐도 그것도 하나의 결과물이다. 어떤 사람은 글을 SNS에 올린다. 인쇄하여 묶거나, 다양한 방식으로 출간한다. 결과물의 형태는 다 다르지만 글을 쓰고 저장하는 동시에 결과물이 만들어진다는 점에서는 똑같다.

글쓰기 강의나 모임이 끝날 무렵, 글쓰기 계획을 발표하는 시간이 되면 그중에 반은 "그동안은 숙제라도 있어서 썼는데 혼자 쓸 생각을 하니까 막막하다"고 말한다. 나머지는 매일 쓰겠다, 일주일에 한 편이라도 쓸 거다, ○○에 대해 써보고 싶다. 당장 블로그를 개설하겠다, 책 쓰기를 준비하겠다며 자신만만하게 포부를 밝힌다.

이런 고민을 해결하고 새로운 글쓰기 계획을 실천하기 위해서는 다음 질문에 답해보아야 한다. 이것이 글쓰기의 불씨를 꺼트리지 않는 방법이다.

"당신이 쓴 글이 어떻게 저장되기를 원하는가?"

이 질문에 따라 지속 가능한 글쓰기 환경을 준비할 수 있고, 주제의 범위도 재점검해볼 수 있다. 무엇보다 자신의 바람에 솔직해지는 것이 중요하다.

먼저 252쪽 표를 보고 자신이 현재 하는 것과 앞으로 원하는 것에 각각 체크해보자.

쓰기 결과물에는 크게 개인 소장, SNS, 도서 출간 등이 있다. 개인 소장은 말 그대로 혼자 쓰고 혼자 보는 방식이다. 글쓰기를 지속하기 위해 특히 본인의 의지가 많이 필요한 방법의 하나다. 그러니 더욱 다양한 방식으로 글쓰기 결과물을 내야 한다. 한글 프로그램이나 워드에만 있는 것보다 다양한 디자인에 앉혔을 때 자신의 글이 달리 보이고 재미도 느낄 수 있다. 비공개로 하되 SNS를 이용해 그 플랫폼에서 제공하는 여러 디자인을 이용한다거나 책의 형태로 인쇄해보는 것도 좋은 방법이다. 아울러 일년에 한두 번쯤 사람들과 함께 쓰는 프로그램에 참여해

쓰기 결과물에 따른 저장 방식

쓰기 결과물	저장 방식			참고
개인 소장 ☐	☐ 내 컴퓨터에 저장			
	☐ SNS 비공개 저장			블로그 등
	☐ 책 형태로 인쇄			하루북 등을 이용한 종이책 인쇄 (harubook.com)
	☐ 다른 형태의 파일로 저장			패들렛 등을 이용한 PDF 저장 (padlet.com)
SNS ☐	☐ 개인 웹페이지에 저장			블로그 등
	☐ 글쓰기 플랫폼에 저장			브런치 등 (brunch.co.kr)
	☐ 영상 플랫폼에 저장			유튜브 등
	☐ 기타 플랫폼에 저장			인스타그램 등
도서 출간 ☐	형태	종이책, 전자책, 오디오북 등		
	방법		☐ 기성 출판	저자가 집필, 출판사가 편집하고 유통하여 수익을 나누는 방식
			☐ 자가 출판(POD)	편집 프로그램을 이용해 원하는 만큼 인쇄하고 판매하는 방식(부크크, 유페이퍼, 퍼플 등)
			☐ 독립 출판	개인이 집필, 편집, 유통까지 자유롭게 하여 책을 출간.(정식 출간물 아닌 책이 많음)
			☐ 자비 출판	출판사에 일정 금액을 내고 책을 출간
기타 ☐	PDF 전자책: 지금 당장 필요한 정보와 노하우를 요약 정리한 PDF 파일			서점이 아닌 오픈 마켓(크몽, 탈잉 등)에서 판매

쓰기 환경을 환기해보자.

SNS에 글을 쓸 때 주의할 점은 그 글을 본인의 컴퓨터에도 저장해야 한다는 점이다. 어떤 결과물을 원하든 글을 내 컴퓨터에 저장하는 것은 기본 중의 기본이다. SNS는 남의 공간이고, 언제 폐쇄될지도 모른다. 글을 자신의 컴퓨터에 저장해야 훗날 다른 일을 도모할 때도 정리하기 쉽다.

책 출간을 목적으로 한다면 투고보다는 SNS에 한 가지 주제로 글을 꾸준히 올리는 것이 더 유리하다. 이때 내 글이 사진이나 그림 등 비주얼 콘텐츠에 가깝다면 인스타그램에, 텍스트 중심이라면 블로그나 브런치 등의 글쓰기 플랫폼에 올려보자. 동영상 콘텐츠도 출간과 연결이 되므로 자신의 콘텐츠가 분명하고, 말에 소질이 있다면 유튜브 등에 도전한다.

책을 꼭 출간하고 싶을 때는 출판사의 문을 두드리는 것도 방법이 될 수 있으나 자가 출판(POD), 독립 출판, PDF 전자책 등 개인이 만들어 유통할 수 있는 방법이 다양하니 기존 방식만 고집할 이유가 없다.

이 같은 결과물과 저장 방식은 언제든지 바꾸어도 된

다. 개인 소장만 하다가 공개 블로그를 시작할 수 있고, 인스타그램을 하다가 자가 출판을 준비할 수도 있다. 독립 출판을 했다가 기성 출판사를 통해 책을 다시 내기도 하고, 브런치를 하다가 출판사의 제안을 받기도 한다. 그러니 현재 자신이 저장하는 방식과 더불어 앞으로 해보고 싶은 방식에도 관심을 가져보자.

결과물과 저장 방식을 정했다면 현재 자신이 쓰고 있는 주제의 범위를 점검해볼 차례다. 아직 주제를 찾지 못했다면 주제는 최대한 줄여서 시작하는 것이 좋다. 주제가 클수록 개인 소장을 하면서 글을 쓰고 있을 가능성이 크다. '여행'을 예로 들어 결과물에 따라 주제의 범위가 어떻게 달라지는지 살펴보면 다음과 같다.

- 개인 소장: 여행 기록
- SNS 저장: 여행을 중심으로 한 글과 사진, 정보 등
- 기성 출판: '리얼 여행' 제주에서 100일 살기
- 독립 출판: 세 여자가 몰래 떠난 우정 여행기

- PDF 출판: 뉴욕에서 헤매지 않고 10일 여행하는 방법(30쪽 요약본)

만약 위 예시에 있는 개인 소장이나 SNS 저장처럼 글을 쓰고 있다면 마치 출판하듯 주제를 줄여서 써야 한다. 출판을 염두에 두고 있거나 그 콘텐츠를 쌓아 비즈니스를 하겠다는 마음이 있다면 더더욱 그렇다.

지금까지 살펴본 결과물의 형태를 중심으로 지속 가능한 글쓰기 환경을 어떻게 세팅하는 것이 좋은지 각 사례를 통해 살펴보자.

다음 사례는 현장에서 여러 번 나왔던 고민과 질문을 바탕으로 재구성한 것이다.

● 　　　　　　　　　　　　　　　　　　　　　사례1) P씨

"컴퓨터랑 핸드폰에 단상을 짧게 저장하고 있어요. 그냥 일
상을 기록해요. 전 SNS에는 글을 올리고 싶지 않아요."

▶ 지속 가능한 글쓰기 솔루션

글을 공개하지 않아도 됩니다. 독자 없는 글쓰기도 있으니까
요. P님은 개인 저장을 하고 계시는데, 세 가지를 생각해보
세요.

첫째, '일상'이라는 주제를 쪼개서 쓰세요. 어떤 '일상'인지
구체화해서 쓰는 겁니다. 가족과의 일상 속 대화, 일상 속에
서 느끼는 감정(긍정 또는 부정), 일상 속 작은 취미 등으로 나
눠서 쓰면 '일상'이라는 주제에 나만의 이야기가 나옵니다.

둘째, 짧게만 쓰지 말고 종종 긴 글쓰기에도 도전하세요. 글
은 생각의 흐름과 연결이 중요한데, 그 연습을 하기 위해서
는 긴 글도 써보아야 합니다.

셋째, 컴퓨터에 저장만 하지 말고, 출력해서 책 모양으로 묶
어보는 등 형태를 다양화하세요. 그런 경험도 글쓰기의 재미
니까요. 내 글을 담은 그릇을 새롭게 한다고 생각해보세요.

●   사례2) L씨

"블로그에 서평을 올리고 있어요. 그런데 사람도 별로 안 들어오고 재미가 없네요. 인스타그램을 할까 생각 중이에요."

▶ 지속 가능한 글쓰기 솔루션

블로그에 서평을 올리고 계시는군요. SNS에서는 본인이 먼저 움직여야 친구가 생깁니다. 다른 사람 블로그에 가서 댓글도 달고 '좋아요'도 눌러야 소통이 됩니다. 다른 서평 블로거들은 어떻게 활동하는지 구경도 하고요. 온·오프라인 독서 모임이나 서평 모임에 참여하는 등 서평 쓰기 환경을 정비해보는 것도 좋은 방법입니다.

인스타그램을 고려 중인 것 같은데, 거기에서 서평을 시작하시려면 그곳만의 분위기를 먼저 파악해보세요. SNS 환경과 유저들의 취향도 다르니 다른 사람이 인스타그램에서 서평을 어떻게 쓰는가 보는 겁니다. SNS에서 글쓰기를 하려면 지속성이 기본입니다. L님의 주제는 서평이라 블로그와 성격이 잘 맞는 편이니, 적어도 1년 이상 꾸준히 써보세요. 쉬운 일은 아니에요. 저도 맨날 실패하거든요. (하하)

"저는 글을 써본 적이 거의 없어요. 그런데 최근에 '기록'에 관심이 생겼고 저에 대해 쓰고 싶어요. 그런데 무엇을 어떻게 시작해야 할지 몰라 얼떨떨해요. 그래서 글쓰기 강의만 계속 듣고 있어요."

▶ 지속 가능한 글쓰기 솔루션

글쓰기는 언제 시작해도 상관없어요. 늦었다고 주눅 들 필요도 없어요. 지금 시작하셨다면 W님에게는 지금이 가장 적기입니다.

먼저 글을 딱 다섯 편만 써보세요. '나'에게 집중하고 싶다고 하셨으니 첫 번째 주제는 '나'면 좋겠네요. '나의 ○○'을 다섯 개로 나누어서 써보세요. 가능하시다면 한 편을 A4 반 장 ～한 장까지 써보세요. 그런 다음에 글쓰기 강의를 듣거나 관련 책을 읽어보세요. 강의도 한두 번, 책도 한두 권 정도면 충분해요.

"전 3년 전에 회사를 그만두고 주식으로 돈을 벌고 있어요. 이렇게 안정적으로 돈을 벌게 된 모든 과정을 써놓은 원고가 있어요. A4로 80장 정도 됩니다. 출판사 다섯 군데에 투고했는데 다 실패했어요."

▶ 지속 가능한 글쓰기 솔루션

3년간의 경험을 다 기록해 놓으셨다니 정말 대단합니다. A4 80장이면 단행본 한 권 분량이네요. 투고 결과가 좋지 않았다면 세 가지를 고려해보세요.

첫째, 출판사 대표나 편집자들이 보내온 메일에 있는 거절 이유를 꼼꼼히 살펴보세요. 그 이유를 반영하여 수정해서 다시 투고하는 방법도 있지만, 최근 투고에 성공해서 출간까지 이어지는 확률이 낮아지고 있어. 출간을 바로 해야 한다면 원고를 줄여 PDF 전자책을 만들어 독자들의 반응을 살펴보면 어떨까요?

둘째, SNS에 원고 일부를 연재해보세요. 콘텐츠를 노출해서 저들이 나를 찾아오게 하는 거예요. 출판사들이 저자를 찾을 때 SNS를 많이 이용하기 때문에 투고보다 성공 확률이 높습니다.

셋째, 그 원고는 서랍에 넣어두고 다시 쓰세요. 버린다고 생각하지 마시고 잠시 '보관'한다는 마음으로요. 처음으로 돌아가 유사 도서부터 분석하고 기획안을 다시 씁니다. 그것을 중심으로 SNS에 연재도 하고, 원고가 조금 쌓이면 투고해보세요. 단, 이번에는 다 써서 투고하지 말고, 대략의 차례와 열 꼭지 정도만 써서 합니다. SNS에 연재도 하고 있으니 출판사들의 제안도 기다려볼 만합니다. 이런 과정을 거치다 보면 처음 썼던 원고를 서랍에서 다시 꺼내게 되는 순간이 반드시 옵니다.

자신이 원하는 결과물을 찾아
현재 쓰고 있는 주제의 범위를 점검하고,
앞으로 어디에 쓸 것인가를 고민해본다.

현재	앞으로 계획
현재 글쓰기 결과물:	원하는 글쓰기 결과물:
현재 쓰고 있는 주제:	원하는 글쓰기 주제:
현재 저장하고 있는 곳:	앞으로 저장할 곳:

TIP 2

✦

30일 매일 글쓰기

•

매일 글을 써라.
그리고 나서 무슨 일이 일어나는지 한번 보자.
—

레이 브래드버리

1단계

'나'를 주제로 쓰기

- 매달 1일부터 시작하여 30일 동안 쓴다.
- 좋아하는 책을 한 권 정하여 함께 읽으면서 쓴다.
- 글쓰기 미션과 문장 미션을 함께 적용하여 글을 쓴다.
- 〈참고〉에 표시된 본문을 함께 읽는다.
- '1단계'를 한 뒤에 '2단계'로 넘어간다.

일	글쓰기 미션	문장 미션	참고
1일	인터넷 검색창에 '글쓰기 명언'을 검색하여 마음에 드는 것을 하나 골라 필사하고 그것을 고른 이유도 함께 쓴다.	자신이 고른 글쓰기 명언을 메모지에 써서 컴퓨터 옆에 붙여둔다. 글을 쓸 때 글쓰기 명언에 마음을 의지한다.	p.59
2일	'나'에 대해 정의를 내린다. '○○은 ○○○○이다'처럼 떠오르는 대로 문장을 쓴다. (예) 나 ① 나의 어릴 적 꿈은 선생님이었다. ② 나는 늦게 결혼했다. ③ 나는 친구는 많은데 단짝 친구가 없다.	30문장 이상 쓴다.	p.21
3일	[생각 필사] 자신이 정한 책의 일부를 읽고 인상적인 부분을 필사(열 줄 이내)한다. 필사한 뒤에 간단하게 자기 생각을 적어도 좋다.	도서 인용시 저자명, 《책 제목》, 출판사, 연도	p.49

일	글쓰기 미션	문장 미션	참고
4일	유튜브 검색창에 '작은 성취' 또는 '습관'을 검색한다. 영상을 보고 가장 인상 깊었던 부분을 쓰고 자기 생각을 보탠다. 또는 영상을 요약해도 좋다. ＊ 추천 영상: 김경일, '결심하고 포기하는 생활이 반복된다면?'	주어와 서술어의 호응에 주의를 기울이며 글을 쓴다.	p.143
5일	[인물 찬사] 가족, 친구, 동료, 책 속 주인공, 연예인 중 한 사람을 택하여 그 사람을 칭찬하는 글을 쓴다.	주어와 서술어가 한 개만 들어가는 단문(짧은 문장)으로 글을 쓴다. 단문은 생각을 정확하게 전달하는 데 도움을 준다. (예) • 나는 밥을 맛있게 먹었다. ⇒ 짧은 문장(단문) • 나는 밥을 맛있게 먹고 나서 밖으로 나가 공원에 가서 은주를 만났다. ⇒ 긴 문장(복문)	p.34
6일	휴식 또는 밀린 미션 수행하기		
7일	휴식 또는 밀린 미션 수행하기		
8일	첫사랑, 처음으로 재미있게 읽은 책, 첫 영화, 첫 직업, 첫 아이 등 '나의 처음'을 주제로 글을 쓴다.	대사를 넣어 글을 쓴다. 대사는 그 상황을 더 생생하게 만들어준다. 대사는 큰따옴표(" ")에 넣는다.	p.193
9일	지금까지 살아오면서 자신의 노력과 인내의 결과로 이룬 일도 많지만, 그에 못지않게 '아, 난 참 운이 좋은 사람이네'라는 생각이 들게 하는 순간도 많다. 그런 이유와 순간을 찾아 글을 쓴다.	문단을 적절하게 합하거나 나누면서 글을 쓴다.	p.75
10일	[생각 필사] 자신이 정한 책의 일부를 읽고 인상적인 부분을 필사(열 줄 이내)한다. 필사한 뒤에 간단하게 자기 생각을 적어도 좋다.	도서 인용시 저자명,《책 제목》, 출판사, 연도	p.49

일	글쓰기 미션	문장 미션	참고
11일	'나이대 별로 달라진 나의 ○○'에 대해 쓴다. 중심 키워드를 가지고 10대부터 지금까지의 변화를 중심으로 쓴다. (예) 10대부터 지금까지 '인간관계 변화', '가치관 변화', '인생책 변화', '습관 변화' 등	중복되는 단어나 문장이 없는지 검토한다.	p.152
12일	[인물 찬사] 가족, 친구, 동료, 책 속 주인공, 연예인 중 한 사람을 택하여 그 사람을 칭찬하는 글을 쓴다.	독자를 정해놓고 글을 쓴다. 자신이 칭찬하는 글을 누가 읽는다고 가정한 상태에서 글을 쓴다.	p.34
13일	휴식 또는 밀린 미션 수행하기		
14일	휴식 또는 밀린 미션 수행하기		
15일	어떤 일이나 사람 관계에서 있을 수 있는 뼈아픈 실패담을 쓴다. 실패가 기회로 변한 이야기도 좋고, 끝내는 실패로 끝난 이야기도 좋다.	권위 있는 전문가나 위인의 말이나 글을 인용한다. (예) • 직접 인용: 베이컨이 "글은 사람을 정확하게 만든다"라고 말했다. • 간접 인용: 베이컨이 글은 사람을 정확하게 만든다고 말했다.	p.69, p.120
16일	내 안에서 해결되지 않는 '물음'을 주제로 글을 쓴다. '답'을 찾기보다 그 물음을 품게 된 이유를 쓴다. (예) 나는 그때 왜 그 말을 했을까? 세상은 정말 불공평한가? 아버지는 왜 그랬을까?	글의 완성도를 위해 첫 문단과 마지막 문단이 잘 연결되도록 글을 쓴다.	p.28
17일	[생각 필사] 자신이 정한 책 일부를 읽고 인상적인 부분을 필사(열 줄 이내)한다. 필사한 뒤에 간단하게 자기 생각을 적어도 좋다.	도서 인용시 저자명, 《책 제목》, 출판사, 연도	p.49

일	글쓰기 미션	문장 미션	참고
18일	그동안 쓴 글의 제목을 한곳에 모아 차례를 만든다. ① 그동안 자신이 쓴 글의 제목에 번호를 붙여 나열한다. ② 가능하면 제목들을 세 개~다섯 개씩 장(chapter)으로 묶는다.		p.135
19일	[인물 찬사] 가족, 친구, 동료, 책 속 주인공, 연예인 중 한 사람을 택하여 그 사람을 칭찬하는 글을 쓴다.	평소에 잘 쓰지 않는 새로운 어휘를 한 개 이상 쓴다. 습관처럼 자주 사용하는 어휘를 유사한 어휘로 바꿔 쓴다.	p.34
20일	휴식 또는 밀린 미션 수행하기		
21일	휴식 또는 밀린 미션 수행하기		
22일	읽고 있는 책의 한 문단을 필사한다. 뼈대는 원본을 유지하면서 내용은 바꿔서 써본다.	문장 간의 연결, 새로운 어휘 사용, 사고의 흐름 등을 연습할 수 있다.	
23일	자신이 쓴 글 중에 가장 애착이 가는 글을 골라 시로 바꿔 쓴다. 열 개~열다섯 개의 단어나 구에 밑줄을 그은 뒤에 그것들을 적절히 연결하여 시를 완성한다.	연과 행을 구분하여 쓴다.	p.245
24일	[생각 필사] 자신이 정한 책 일부를 읽고 인상적인 부분을 필사(열 줄 이내)한다. 필사한 뒤에 간단하게 자기 생각을 적어도 좋다.	도서 인용시 저자명,《책 제목》, 출판사, 연도	p.49
25일	그동안 쓴 글 중 '가장 마음에 드는 글(애정이 가는 글)'을 한 편 골라 퇴고한다.	1차 수정: 컴퓨터 화면에서 고치기 2차 수정: 낭송하면서 고치기 3차 수정: 프린트해서 고치기	

일	글쓰기 미션	문장 미션	참고
26일	[인물 찬사] 가족, 친구, 동료, 책 속 주인공, 연예인 중 한 사람을 택하여 그 사람을 칭찬하는 글을 쓴다.	묘사 또는 비유 등 표현 방법을 한 개 이상 쓴다.	p.34
27일	휴식 또는 밀린 미션 수행하기		
28일	휴식 또는 밀린 미션 수행하기		
29일	차례를 최종 정리한다. 전체 제목을 결정한다. 책 제목처럼 짓는다.	전체 제목과 차례가 잘 어울리도록 검토하고 수정한다.	
30일	머리말(프롤로그)을 쓴다.	문장과 문장(문단과 문단)이 자연스럽게 잘 연결되는지 살펴보면서 쓴다.	p.249

특정 주제로 쓰기

- 매달 1일부터 시작하여 30일 동안 쓴다.
- 가장 할 말이 많은 소재를 주제로 정한다.
- 자기 주제와 유사한 책을 한 권 정하여 함께 읽으면서 쓴다.
- 글쓰기 미션과 문장 미션을 함께 적용하여 글을 쓴다.
- 〈참고〉에 표시된 본문을 함께 읽는다.
- 글쓰기, 칼럼(유튜브) 보기, 유사 도서 읽기를 넣어 자유롭게 구성하되,
  한 가지 주제로 N편 이상을 목표로 쓴다.

일	글쓰기 미션	문장 미션	참고
1일	자신이 써보고 싶은 주제를 고른다. 현재 할 말이 많은 주제, 가장 만만하고, 쓸 것이 많은 주제로 정한다.	자신이 정한 주제와 비슷한 책을 골라 그 책의 차례를 읽어본다.	p.206
2일	자신이 정한 주제로 정의를 내린다. '○○은 ○○○○이다'처럼 떠오르는 대로 문장을 쓴다. (예) 여행 ① 여행은 예기치 못한 만남이다. ② 여행은 돌아오는 연습이다. ③ 여행은 낯선 곳에서 만나는 '나'이다.	50문장 이상 쓴다.	p.21, p.82

일	글쓰기 미션	문장 미션	참고
3일	자신의 주제를 여섯 개로 나누어 차례를 쓴다.	주제를 중심으로 '하고 싶은 말'을 여섯 개로 나눈다고 생각하면서 차례를 정한다. 차례는 쓰면서 바뀔 수 있지만 계획을 세우는 것이 좋다.	p.41, p.135
4일	글쓰기 ① 2일차에 쓴 50문장 중에서 다음 두 가지 조건을 모두 갖춘 것을 골라서 글을 쓴다. 1) 할 말이 많은 문장 2) 일화(에피소드)가 있는 문장 ⇒ 어떤 장면이 확실하게 떠오르는.	• 주어와 서술어의 호응에 주의를 기울이며 글을 쓴다. • 글의 상단 귀퉁이에 '하고 싶은 말'을 한 문장으로 써놓고 글을 시작한다.	p.11
5일	[주제 독서] 자신이 정한 책의 일부를 읽고 인상적인 부분을 필사하거나 정리한다.	도서 인용 시 저자명,《책 제목》, 출판사, 연도	p.49
6일	휴식 또는 밀린 미션 수행하기		
7일	휴식 또는 밀린 미션 수행하기		
8일	글쓰기 ② 나의 주제에 '첫' '최초' '처음' '도입'을 붙여서 그것을 주제로 삼아 글을 쓴다.	단문과 복문을 적절하게 섞어서 쓴다. 단, 주어와 서술어의 호응에 주의를 기울인다.	p.193
9일	8일차에 쓴 글을 퇴고해본다.	내가 하고 싶은 말(주제)이 하나로 잘 모아지도록 퇴고한다.	
10일	[칼럼/유튜브 보기] 자신의 주제와 관련된 칼럼을 읽거나 유튜브를 보고 생소한 어휘를 세 개 찾아 의미를 정리한다.		
11일	글쓰기 ③ 나의 주제와 관련해 내 안에 있는 '물음'을 주제로 글을 쓴다. 그 물음에 관한 자기만의 답을 내놓는다.	• 문단을 적절하게 합하거나 나누면서 글을 쓴다. • 글의 상단 귀퉁이에 '하고 싶은 말'을 한 문장으로 써놓고 글을 시작한다.	p.28

일	글쓰기 미션	문장 미션	참고
12일	[주제 독서] 자신이 정한 책의 일부를 읽고 인상적인 부분을 필사하거나 정리한다.	도서 인용시 저자명,《책 제목》, 출판사, 연도	p.49
13일	휴식 또는 밀린 미션 수행하기		
14일	휴식 또는 밀린 미션 수행하기		
15일	글쓰기 ④ 차례에서 정한 주제로 글을 쓴다.	독자가 있다고 생각하면서 글을 쓴다. 그들이 이해할 수 있도록 내용을 구성한다.	p.129
16일	15일차에 쓴 글을 퇴고해본다.	내가 하고 싶은 말(주제)이 하나로 잘 모아지도록 퇴고한다.	
17일	[칼럼/유튜브 보기] 자신의 주제와 관련된 칼럼을 읽거나 유튜브를 보고 생소한 어휘를 세 개 찾아 의미를 정리한다.		
18일	글쓰기 ⑤ 차례에서 정한 주제로 글을 쓴다. 그동안 쓴 글보다 '15줄' 더 길게 쓴다.	• 글의 완성도를 위해 첫 문단과 마지막 문단이 잘 연결되도록 글을 쓴다. • 글의 상단 귀퉁이에 '하고 싶은 말'을 한 문장으로 써놓고 글을 시작한다.	p.216
19일	[주제 독서] 자신이 정한 책의 일부를 읽고 인상적인 부분을 필사하거나 정리한다.	도서 인용시 저자명,《책 제목》, 출판사, 연도	p.49
20일	휴식 또는 밀린 미션 수행하기		
21일	휴식 또는 밀린 미션 수행하기		

일	글쓰기 미션	문장 미션	참고
22일	글쓰기 ⑥ 차례에서 정한 주제로 글을 쓴다.	• 필요 없는 접속사(그러나, 그래서, 그러면, 따라서 등)를 최대한 빼면서 문장과 문장이 잘 연결되도록 쓴다. • 글의 상단 귀퉁이에 '하고 싶은 말'을 한 문장으로 써놓고 글을 시작한다.	p.223
23일	1~6편 중에 한 편을 골라 퇴고한다.	퇴고 방법을 한꺼번에 반영하지 말고, 한 번 퇴고할 때 한 가지만 적용한다. ① 주어와 서술어가 잘 어울리는가 ② 지나치게 긴 문장은 없는가 ③ 문단이 잘 나뉘고 묶였는가 ④ 중복되는 단어나 문장은 없는가 ⑤ 앞문장과 뒷문장이 잘 이어지는가	
24일	[칼럼/유튜브 보기] 자신의 주제와 관련된 칼럼을 읽거나 유튜브를 보고 생소한 어휘를 세 개 찾아 의미를 정리한다.		
25일	1~6편 중에 한 편을 골라 퇴고한다.	퇴고 방법을 한꺼번에 반영하지 말고, 한 번 퇴고할 때 한 가지만 적용한다. ① 필요없는 접속사는 없는가 ② 남의 글을 내 글처럼 쓴 부분은 없는가 ③ 맞춤법과 띄어쓰기는 잘 되었는가 ④ 제목은 적절한가 ⑤ '하고 싶은 말'이 잘 드러났는가	

일	글쓰기 미션	문장 미션	참고
26일	[주제 독서] 자신이 정한 책의 일부를 읽고 인상적인 부분을 필사하거나 정리한다.	도서 인용시 저자명,《책 제목》, 출판사, 연도	p.49
27일	휴식 또는 밀린 미션 수행하기		
28일	휴식 또는 밀린 미션 수행하기		
29일	1~6편 중에 한 편을 골라 세 번 퇴고한다.	한 편을 다음과 같이 세 번 퇴고한다. 하루에 해도 되지만, 날짜 간격을 두고 하면 퇴고 효과가 더 좋다. 1차 수정: 컴퓨터 화면에서 고치기 2차 수정: 낭송하면서 고치기 3차 수정: 프린트해서 고치기	
30일	최종 차례 정리하기 머리말 쓰기	머리말(프롤로그)에 글을 쓴 이유나 소감을 쓴다.	p.229

나를 가장 나답게

1판 1쇄 발행 2022년 5월 20일
1판 2쇄 발행 2022년 5월 31일

지은이　　김유진
일러스트　금요일

펴낸이　　김봉기
출판총괄　임형준
편집　　　김현경
디자인　　design霖 김희림
마케팅　　김보희, 최은지, 정상원, 이정훈
펴낸곳　　FIKA[피카]
주소　　　서울특별시 서초구 서초4동 서초대로77길 55, 9층
전화　　　02-3476-6656
팩스　　　02-6203-0551
이메일　　book@fikabook.io
등록　　　2018년 7월 6일 (제 2018-000216호)
ISBN　　　979-11-90299-60-2 03810